All about

Mr Summers

Love

Chefsache

Isadorra Ewans

Inhalt:

„Für einen Moment schloss er die Augen und genoss das Bild seiner Assistentin, das augenblicklich vor seinem inneren Auge auftauchte. Ava Fisher, er lächelte sanft. Sie war wirklich eine Augenweide."

Ava Fisher ist für ihren Boss Gordon Sumner eine Assistentin mit Leib und Seele. Doch gerade ihren Leib verwehrt sie ihm. Nach fünf Jahren Schonfrist erklärt Gordon Ava zur Chefsache.

Er liebt sie; sie liebt ihn, doch sie können nicht zueinander finden, denn sie hat ihre Prinzipien. Aber als sie es zulässt, gerät sie in tödliche Gefahr.

Der „Chef" ist zurück. Mit neuem, unveröffentlichtem Kapitel.

Isadorra Ewans ist Ana Riba ist Klarissa Klein. Viele Namen für eine Autorin mit einer Obsession: Der gefühlvolle SM-Roman.

Impressum

„All about Mr Sumners Love" von Isadorra Ewans /
Klarissa Klein

Erstveröffentlichung „Bürosex" Die Praxis – Ana
Riba/JuicyBooks

„Chefsache" dotbooks – Isadorra Ewans

Überarbeitete Version Juni 201

©Ana Riba/Isadorra Ewans/Klarissa Klein

Herstellung und Verlag:

BoD- Books on Demand, Norderstedt

ISBN: 978-3-7528-8019-9

1

Gordon Sumner war nicht das, was man sich unter einem typischen Literatur- oder Modelagenten vorstellte. Seine Körperstatur glich der eines Riesen. Seine rotblonden Haare standen wirr von seinem Kopf ab, und die Sommersprossen in seinem Gesicht verrieten, dass er eher an der frischen Luft zu finden war als in einem abgedunkelten Lesezimmer. Seine Augen hatten ein Blau, wie man es in tiefen Bergseen fand, und wenn er lächelte, prangte eine kleine Zahnlücke zwischen seinen oberen Schneidezähnen. Seine Körpergröße ließ ihn grob und unbeholfen wirken. Seine sprachliche Ausdrucksweise entglitt ihm beizeiten, es ausfallend zu nennen wäre die höfliche Version, seine verbalen Auswüchse zu umschreiben. Für gewöhnlich trug er einen Cord Blazer, darunter ein Hemd mit geöffnetem Kragen, ausgewaschene und schlabberige Jeans, die an seinen Beinen baumelten, als wären sie ihm eine Nummer zu groß. Seine Körperhaltung war seiner Größe gemäß schlaksig; immer ging er etwas nach vorn gebeugt – was sein jeweiliges Gegenüber glauben ließ, sie hätten sein uneingeschränktes Interesse. Seine Hände waren die eines Holzfällers – groß wie Untertassen und voller Kraft. Wenn man diese Hände das erste Mal sah, traute man ihnen kaum zu, dass sie die filigrane Tätigkeit des Seitenumblätterns eines Buches überhaupt beherrschten. Und doch war dies eine seiner Hauptbeschäftigungen. Sein Auftreten wurde meist von einem Rudel Hunde umrahmt, die er aus Tierheimen der Stadt aufgelesen hatte. Alles in allem wirkte Gordon Sumner, als wäre er der Laufbursche des Landlords, dem man einen Tag Urlaub in der Großstadt erlaubt hatte. Trotzdem war er der erfolgreichste Literatur- und Modelagent in diesem Land. Seine Firma hatte er aus dem Nichts aufgebaut, und als sein Lebenswerk davorstand, im gleichen Nichts zu verschwinden, zog sich Gordon wie Münchhausen an den eigenen Haaren aus dem Sumpf. Dabei half ihm sicherlich seine Fähigkeit, sich Gesichter und Namen zu merken, und die unerwartete Finanzspritze in Form eines Erbes einer entfernten, ihm gänzlich unbekannten, Tante. Sein Büro in der obersten Etage eines kubistischen Bürogebäudes an der New Oxford Street erinnerte ein wenig an eine geheime Kammer aus Gruselfilmen. Mit dunklen und schweren Möbeln eingerichtet, verströmte es die Gemütlichkeit eines Geheimbundes. Auf dem wenigen freien Platz lagen die Manuskripte so hochgestapelt, dass sie bei einem leichten Windhauch umfallen konnten. Zwischen Kaffeetassen und einer sterbenden Pflanze fühlte sich Gordon Sumner wohl. Hier konnte er die Gesichter den Menschen zuordnen, sie abschätzen und Pläne mit ihnen schmieden. Gordon Sumner kannte jeden. Er roch es, wenn Newcomer wichtig wurden, und bot ihnen rechtzeitig einen Vertrag an. Er roch es ebenso, wenn ein Stern zu sinken begann, und hier kam seine zweite besondere Fähigkeit zum Vorschein. Er wusste, ab wann er diese Leute anderen überlassen musste, um sich, ohne persönlich Schaden zu erleiden, von diesen Personen zu trennen. Und er hatte jemanden, der diese Aufgabe perfekt beherrschte. Aber nicht nur bei den unangenehmen Seiten des Lebens war ihm diese Person hilfreich. „Ich brauche Sie heute Abend, Ava!" Ava Fisher sah von ihrer Tastatur auf, nahm die Stöpsel ihres Diktiergerätes aus den Ohren und sah ihren Chef, der in der Tür seines Büros lehnte, fragend an. „Wie bitte?" Er lächelte sie kurz an, und seine eisblauen Augen blitzten vergnügt. „Ich brauche Sie heute Abend. Essen mit dem *Franzosen* um halb acht im Misére." Er zog eine schräge Grimasse, und

Ava lachte leise, bevor sie zustimmend nickte. „Der *Franzose*", seufzte sie theatralisch und lachte erneut leise auf, als ihr Chef seine Grimasse wiederholte. Der beste Freund Sumners, gleichzeitig der beste Kunde der Agentur und um noch eins draufzusetzen: ein „ganz spezieller Fall". Sie sah auf die Uhr neben ihrem PC. „Dann bin ich um halb vier weg?" Ihr Chef lächelte befreit, warf ihr einen fliegenden Kuss zu und verschwand in seinem Büro. Gordon Sumner war erleichtert, denn dass Ava so schnell einwilligen würde, hatte er nicht erwartet. Sie war nicht der Typ Assistentin, der sich in die Öffentlichkeit drängte, und meist vermied sie es, ihn zu solchen Auftritten zu begleiten. Aber der *Franzose* war wirklich ein schwer zufriedenzustellender, jedoch der beste Kunde der Agentur, und er war in Ava Fisher ganz vernarrt. Bei diversen Gelegenheiten durfte Sumner feststellen, dass es wesentlich einfacher war, Verhandlungen mit dem Mann, den alle nur den *Franzosen* nannten, zu führen, wenn Ava mit im Raum war. Zwar behauptete sein Freund, dass er niemals in seinem Leben französisches Terrain betreten hatte, doch das war eine charmante Lüge, denn er war Stammgast bei den Filmfestspielen in Cannes. Allerdings ging seine frankophile Lebensweise nicht über den Genuss exklusiver Spirituosen, sowie dem einen oder anderen Häppchen eines aromatischen Käses hinaus. Servierte man ihm hingegen Froschschenkel und Weinbergschnecken wurde er dann doch wieder *very british*. Ob Ava wusste, dass sie der positive Einfluss in diesen Verhandlungen war, bezweifelte Sumner. Sie war nicht der Typ für Auftritte im Rampenlicht, so war sie schon gar nicht der Typ Frau, der es registrierte, wenn ihre männliche Umgebung ins Schwärmen geriet, sobald sie den Raum betrat. Er hatte nie herausgefunden, ob es ihr gleich war oder ob sie es wirklich nicht bemerkte, wie sie die Anwesenden mit ihrer Gegenwart in ihren Bann zog. Es war ihm auch egal. Es funktionierte für gewöhnlich, und er machte sich ihre Eigenschaften zunutze. Er kannte sie gut genug, um zu wissen, dass sie in ihrem Wesen eher schüchtern und zurückhaltend war. Und auch wenn der *Franzose* ein eher schwieriger Patient war, wie Sumner ihn während dieser Verhandlungen zu nennen pflegte, hatte er doch Geschmack. Sehr zum Leidwesen Gordon Sumners. Denn Ava Fischer war ein Prachtstück von Assistentin. Auch wenn sich dies bei ihrem Vorstellungsgespräch vor knapp fünf Jahren nicht wirklich offenbarte. Doch Sumners Gespür für Menschen hatte sich gemeldet, und dass die junge, zierliche und mit einer wallenden dunkelbraunen Mähne gesegnete Frau vor ihm das Talent für diese Position hatte, war ihm nach dem ersten kurzen Wortwechsel bereits klargeworden. Sie war ein Energiebündel mit dem richtigen Maß an Takt, Aufmerksamkeit und Geschick. Sie vereinte notwendige Eigenschaften in sich, um diesen Job vor seiner Tür zu seiner Zufriedenheit zu erledigen. Hinzu kamen ihre klassische Schönheit und ihr Literaturstudium, das sie für diese Position prädestinierte. Über seine Überlegungen hinweg hatte Sumner seinen Schreibtisch erreicht. Kein einfaches Unterfangen in seinem Büro, das er für gewöhnlich als besseren Misthaufen bezeichnete. Überall lagen Bücher und Manuskripte stapelweise herum. Dazwischen hatten es sich seine vier Hunde bequem gemacht. Gab man nicht acht und lief etwas zu stürmisch durch dieses Labyrinth, dann war das Chaos für die nächsten Tage perfekt, und mindestens ein Hund jaulte gequält auf, weil man seinen Schwanz oder seine Pfote erwischt hatte. Sumner machte es sich in seinem schweren Ledersessel bequem, seine Füße lagen auf dem antiken Schreibtisch, die

Hände verschränkte er im Nacken. Für einen Moment schloss er die Augen und genoss das Bild seiner Assistentin, das augenblicklich vor seinem inneren Auge auftauchte. *Ava Fisher,* er lächelte sanft. Sie war wirklich eine Augenweide. Besonders dann, wenn sie ihre Haarpracht hochsteckte und somit ihr Profil apart zur Geltung kam. Sie glich dann einer griechischen Göttin – ohne die impertinent aufdringliche Nase. In ihrem Nacken pflegten sich eine oder zwei Strähnen aus der Strenge der Frisur zu stehlen, um sich dort zu kräuseln. Er konnte nicht mehr zählen, wie oft er sich in den letzten Jahren vorgestellt hatte, wie er gedankenverloren mit diesen Strähnchen spielen würde? Er lachte leise vor sich hin. *Zu oft.* Ihre klassische Schönheit war nicht mit der zu vergleichen, die er versuchte, mit seinen Models an den Mann zu bringen, die er in seiner Kartei führte. Ava entsprach bei weitem nicht dem aktuellen Schönheitsideal. Aber sie war ein Gesamtkunstwerk. Schön wie die Frauen auf den Gemälden der *National Gallery* am Trafalgar Square. Und auch wenn Ava zum Zeitpunkt ihres ersten Gesprächs keinerlei Erfahrungen mit dem hatte, was sie als seine Assistentin erwarten würde – dieses fehlende Wissen machte sie mit einer ungebändigten Lernfähigkeit wieder wett. Staunend wie ein kleines Kind lief sie in den ersten Tagen durch die Agentur, und das Gemisch aus Models und aufstrebenden Autoren sowie einer Präsenz an hochkarätigen Schauspielern faszinierte diese junge Frau so sehr, dass sie alle wichtigen und unwichtigen Dinge aufsaugte und es schaffte, dieses Wissen dezent, aber zielgerichtet einzusetzen. Auf diese Art machte sie sich innerhalb kürzester Zeit unentbehrlich. Ava Fisher behielt die Übersicht, selbst wenn andere schon in Tränen aufgelöst kurz vor einem Nervenzusammenbruch standen und hilflos dem täglichen Chaos in den Büroräumen gegenüberstanden. Da dies ein beinahe täglicher Zustand in diesem Büro war, hatte Ava beweisen können, dass sie Nerven aus Stahl hatte. Im Laufe der Jahre entwickelte sich zwischen Sumner und Ava diese eine, ganz gewisse, nur Chefs und ihren Assistentinnen vorbehaltene Vertrautheit, die auch mal darin mündete, dass Ava, Gordons Sätze beendete. Aber war es ein Wunder? Ava war sein Schatten. Sie wusste alles über ihn. Seine Sockengröße, seine Hemdkragenweite, sie kannte seinen Lieblingswein, wusste, welche Theaterstücke er liebte, bestellte seinen Lieblingssnack zur Mittagspause, wenn sie spürte, dass ihm danach war. Sie kannte seinen Kontostand besser als er selbst. Kurz, wenn er nicht selbst gewusst hätte, wer er war ... Ava hätte es ihm sagen können. Es gab nur einen Haken in dieser kleinen, aber perfekten und beinahe heilen Welt: Sie wollte ihn nicht. Es lag definitiv nicht daran, dass er fast fünfzehn Jahre älter war als sie, oder dass sie kein Interesse an ihm gehabt hätte. Diese Punkte hatte er bereits „abgeklopft". Es lag an ihren Prinzipien. Und diese verteidigte sie mit einer Vehemenz, die er schon wieder als amüsant empfand. Ein Chef als Liebhaber, als Partner war für Ava ein absolutes No-Go. „Schade", dachte Gordon nun schon zum wiederholten Mal, „sehr schade!" Sie beide, sie wären das perfekte Paar gewesen. Sie hätten sich nicht nur in der Agentur hervorragend ergänzt. Gordon war davon überzeugt, dass sie auch im Privaten hervorragend miteinander harmonieren würden. Aber Avas Maxime waren unumstößlich, und er versuchte, zu 99 Prozent ihrer gemeinsamen Zeit diese Prinzipien zu respektieren. Das restliche – eine – Prozent nutzte er, um dann doch noch einen Versuch zu starten, sie zu umwerben. Mit leidlichem Erfolg. Jeder seiner Versuche, sich ihr zu nähern, wurde

von ihr charmant, aber äußerst bestimmt abgeschmettert. So blieb ihm
nichts anderes, als ab und an ein wenig von ihr zu träumen und diese kleine Portion Eifersucht auf jeden Mann
zu hegen, der auch nur annähernd
ähnlich empfand wie er.

2

Ava tippte ihre Briefe vom Band zu
Ende, und mit einem Blick zur Uhr
stellte sie fest, dass es Zeit war, sich
für den Abend mit dem *Franzosen* zu
stylen. Mit einigen gezielten Handgrif-
fen ordnete sie ihren Schreibtisch,
schnappte ihre Jacke und öffnete die
Tür zu Gordon Sumners Büro. Sie
winkte kurz hinein, und mit einem
„bis später" war sie auch schon zur
Tür hinaus. „Der *Franzose*", dachte sie
amüsiert, als sie im Aufzug stand.
Kein *Franzose,* wie sie nach ihrem
ersten Meeting mit ihm festgestellt
hatte, doch jemand, der die frankophile Lebensart durchaus zu schätzen
wusste. Sein richtiger Name war
Brandon Cox, und er war neben Gordon der Godfather der Kunst in diesem Land. Sie hatten in der Agentur
immer wieder mit ihm zu tun, da er

stets an neuen Autoren und hübschen Gesichtern als Statisten für seine Filme interessiert war. Und dass er sie dann meistens mit einer Einladung zum Essen umwarb, war Ava eher unangenehm denn erfreulich. Zumal er dies meist vor den anderen Büroangestellten tat. Auch wenn sein gepflegtes Äußeres im krassen Gegensatz zum Auftreten ihres Chefs stand, so wirklich warm konnte sie mit dem Gedanken, dass der *Franzose* sie mit aller Gewalt beflirtete, nicht anfreunden. Außerdem war da noch die Tatsache, dass die beiden Männer nicht nur geschäftlich verbunden waren. Ava hatte gespürt, dass der *Franzose* ein wenig in sie verliebt war. Seine Art, mit ihr umzugehen, ein oder zwei heiße Liebesschwüre, die mit vom Alkohol schwerer Zunge vorgebracht worden waren, und ab und an mal ein Blumenstrauß, um die Liebesschwüre am nächsten Tag abzumildern, amüsierten sie und gaben ihr das Gefühl, ein wenig attraktiv zu sein. Meist waren seine Annäherungsversuche unauffällig und dezent, zumindest, wenn er nüchtern war, und genauso ließ sie ihn abblitzen. Niemals würde sie mit einem Kunden etwas anfangen. Das würde nur Probleme geben, genauso wie eine Affäre mit dem Vorgesetzten. Beides war also ein absolutes No-Go.

Dass sie damit in eine gewisse Öffentlichkeit innerhalb der Bürowände gerückt wurde, war etwas, mit dem sie nicht umgehen konnte, und für gewöhnlich flüchtete sie aus dem Blickfeld des Mannes, wenn sie wusste, dass er einen Termin bei Sumner hatte. Trotzdem genoss sie ab und an die Aufmerksamkeit, die ihr der *Franzose* zuteilwerden ließ. Und eines stand für Ava ebenso unumstößlich fest: Sie hatte keine Zeit für Beziehungen; ihre letzte lag bereits ein paar Jahre zurück. Um genau zu sein: Fünf Jahre zurück. Als sie damals Gordon Sumners Büro betrat, war ihr schnell klar, dass sie hier eine Entscheidung treffen musste. Privatleben oder einen Job, den sie lieben würde. Der Umstand, der positiv zur Entscheidung für den Job beitrug, war eine kurze, heftige und mit einem hässlichen Ende versehene Ehe. Deshalb fiel es ihr leicht, sich zu entscheiden. Danach gab es zwar immer wieder kurze und heftige Affären, die aber meist bald darauf von ihr beendet wurden, weil sie mit ihrem Beruf kollidierten. An keiner dieser Beziehungen hatte ihr Herz gehangen, deshalb fiel es ihr leicht, sich so zu entscheiden. Ava hatte ihre Wohnung in einem Vorort der Stadt erreicht und ließ Mantel und Tasche fallen. Sie sah kurz zur Uhr, halb fünf. Sie würde also noch genug Zeit haben, sich zu restaurieren.

3

Im Laufe der Zeit hatte sie die Vorlieben des *Franzosen* bezüglich ihres Aussehens kennengelernt, und so war zumindest die Kleiderwahl für heute Abend nicht problematisch. Denn im Moment arbeitete er an einem Projekt, in welchem die Hauptdarstellerin der „Holly Golightly" sehr ähnlichsah, und so entschied Ava sich für ein schlichtes schwarzes Outfit im Stil des Paris der frühen sechziger Jahre. Allerdings würde sie aufpassen müssen, um neben Gordon Sumner nicht allzu overdressed auszusehen. Und das konnte schon mal seltsame Ausmaße annehmen, denn egal, was sie trug: Es wirkte neben ihm und seinem *Landhausstil* immer overdressed. Nach einem kurzen Blick in ihren Schrank entschied sie sich für einen schwarzen, schlichten Pullover mit U-Boot-Kragen und einer schwarzen Steghose sowie ein Paar flache Ballerinas. Sie bürstete ihre Haare auf Hochglanz, drehte ihre dunkle Mähne mit einer Rundbürste in Form und steckte den Pony mit einer Spange am Hinterkopf zurück. Auf Schmuck würde sie verzichten müssen, etwas Make-up im Nude-Look sollte ihr Auftreten allerdings abrunden. Und so war sie weit vor der verabredeten Zeit ausgehfertig. Etwas rat- und lustlos beschloss sie, sich noch etwas an ihren Laptop zu setzen, und sich so die Zeit zu vertreiben. Sie öffnete den Ordner mit Fotos und gab ein Passwort ein. Sicherlich im ersten Moment ein befremdliches Handeln, doch es gab einen guten Grund für ihre Vorsicht. Ein befreundeter Fotograf hatte sie vor ein paar Wochen in einer Schwarzweiß-Serie abgelichtet und ihr die Bilder jetzt endlich zugeschickt. Sie sollte sich die schönsten für sich selbst heraussuchen. Es fiel ihr verdammt schwer sich zu entscheiden. Die Bilder waren einfach alle großartig, und diejenigen, die nun vor ihr erschienen, waren zum Teil Fehlschüsse, auf denen ihr Gesicht zu erkennen war, trotzdem … diese Fotografien hatten echte Klasse. Dabei hatte sie während des Shootings doch gewisse Zweifel an der Qualität der Aufnahmen bekommen. David, der Fotograf, war ein Szenefotograf für SM-Bilder. Der Auftrag, den er ausführen sollte, hatte auch genau diese Spielart zum Thema, und Ava hatte er als sein Model für diesen Auftrag ausgesucht. Und obwohl David, der Fotograf, in den höchsten Tönen von ihr als Model geschwärmt hatte, war sie zunächst skeptisch. Es war für sie nicht ungewohnt, ein Bondage auf ihrem Körper zu spüren, es war ungewohnt, dabei fotografiert zu werden. David war ein Überbleibsel ihrer Ehe. Eher zufällig hatten sie sich später wieder getroffen. Der Fotograf entwickelte sich für sie zum Freund, zur starken Schulter, und als sie sich häufiger trafen, stellten sie fest, dass sie die gleichen Interessen hatten. Für Ava war es zu Beginn ihrer Freundschaft unmöglich, Sex ohne Liebe zu praktizieren, doch David hatte ihr gezeigt, wie hervorragend dies funktionieren konnte. Er war zärtlich, wenn er spürte, dass sie es brauchte, und er gab ihr die Härte, nach der sie bisweilen suchte. Davids Hände konnten Seile um ihren Körper winden und damit Gefühle in ihr hervorrufen, dass ihr regelmäßig während der gemeinsamen Treffen schwindlig wurde. Er war in der Lage, sie zu traktieren und sie so der Lust und deren Erfüllung, unter Verwendung von einfachen Mitteln, näherzubringen. Der Sex am Ende dieser Zusammenkünfte war schon fast obligatorisch, und er war mehr als gut. Für beide ein mehr als lohnendes Agreement. David hatte sich Mühe mit ihr als unerfahrenem Model gegeben. Er hatte das Können als Fotograf, sie vertraute ihm aufgrund ihrer gemeinsamen Erlebnisse, und das Ergebnis konnte sich wahrlich sehen lassen. Selten hatte sie eine intensivere Darstellung dieser hochkomplizierten Gefühlswelt des BDSM gesehen. Ava war sich nie bewusst darüber, wie sie während einer solchen Session auf David wirkte. Wie intensiv diese Handlungen auf sie eindrangen. Ihre Gesichtszüge waren entspannt und gespannt gleichzeitig, ihre Körperhaltung war pures Genießen. All dies kam auf den Bildern zur Geltung, und es war einfach herrlich, sich diese Bilder anzusehen. Es war ein wunderbares Gefühl zu wissen, dass sie es war. Sie schwelgte in der Betrachtung, als es klingelte und sie mit Schrecken feststellte, wie spät es mittlerweile war. Für gewöhnlich wartete Gordon unten im Wagen, doch seinem genervten Klingeln nach zu vermuten, stand er direkt vor der Tür. Sie öffnete und sein Körper füllte die gesamte Öffnung aus. Ava zog ein Schnütchen zur Entschuldigung und bat ihn herein. „Bin gleich so weit", sagte sie und huschte noch einmal kurz ins Bad. Gordon stöhnte theatralisch und schickte ihr ein „Weiber" hinterher. Er sah ihr breit grinsend nach und ließ sich auf die Couch fallen, auf der Ava kurz zuvor noch gesessen hatte. Gordon rückte sich zurecht und sah sich um. Diese Wohnung hatte nichts typisch Weibliches. Sie war praktisch, aber trotzdem gemütlich eingerichtet. Allerdings wusste er, dass Ava Nippes hasste, und aus diesem Grund war die Einrichtung schon fast spartanisch zu nennen. Er erinnerte sich an ein Geschenk einer Kollegin, eine kleine Porzellanfigur, die einen Clown darstellte. Kaum hatte Ava das Papier darum abgewickelt, stieg ihr das Entsetzen ins Gesicht, und Gordon, der in der Nähe der Szene stand, hatte sich köstlich über Avas Fauxpas amüsiert. Der Clown verschwand auf unerklärliche Weise, um Monate später, als es darum ging, für einen Wohltätigkeitsbasar zu sammeln, auf genauso unerklärliche Weise wiederaufzutauchen. Und es fand sich tatsächlich ein Käufer für diese Scheußlichkeit. Er hörte, wie Ava im Bad hantierte, und sah auf die Uhr. *Das würde wohl noch etwas dauern.* Gordon schob den Laptop so, dass er sehen konnte, woran Ava bis noch vor ein paar Minuten gearbeitet hatte. Er legte seine Hand auf das Touchpad, der Bildschirmschoner verschwand, und Gordon blieb vor Staunen der Mund offenstehen.

4

Das Bild einer Frau war dort zu sehen, nackt und in Fesseln, und sie genoss diese mehr als offensichtlich. Gordon sah noch einmal genauer hin und sein Mund wurde trocken. Diese Frau war Ava. Fassungslos starrte er auf die Bilder. Das, was er da zu sehen bekam, war genau das, was er in all den Jahren, in denen er sie kannte, beinahe verzweifelt unterdrückt hatte. Sein Herz schlug schneller, sein Atem raste, und Schweiß stand ihm auf der Stirn. Es war ein Schwarz-Weiß-Bild, doch ihre Gesichtszüge würde er überall erkennen. Nicht genug, dass Ava auf diesem Bild Fesseln trug, sie trug auch Striemen von eindeutigem Handwerk auf ihrer Haut. *Da verstand jemand sein Handwerk.* Gordon rieb sich über den Mund und leckte sich über die trockenen Lippen. Dieses Bild dort war mehr, als er ertragen konnte. Seine Ava. Nun ... genau genommen nicht seine Ava, aber immerhin. Wie ... und wann? So viele Gedanken jagten durch seinen Kopf, und er starrte immer noch fassungslos auf dieses Bild. Irgendwie löste er sich aus dieser Starre und klickte ein weiteres Bild an. „Falscher Fehler", schimpfte er mit sich selbst. Dieses Bild war noch weit erregender als das vorherige. Nicht nur dass Ava hier gefesselt war, nein … hier kamen noch einige Spielzeuge gut sichtbar zum Einsatz. Er klappte den Laptop zu und sprang auf. *Das war zu viel.* Das Leben konnte so ungerecht sein. Dort drüben im Bad stand seine Traumfrau, an die er keinen Zentimeter herankommen würde. Dort drüben war die schönste Frau, die er je gesehen hatte, und dieses verdammte Weib hatte auch noch die gleichen sexuellen Vorlieben wie er? Gab es etwas Ungerechteres? Gab es etwas Irrsinnigeres? Hier stand er, aufgewühlt wie das Meer nach einem Sturm, und fragte sich, welche Sünden er in seinem Leben begangen haben mochte, dass man ihn so bestrafen musste. Die gesamte Situation entbehrte sicher nicht einer gewissen Komik, doch sie war genauso tragisch für ihn in diesem Moment. Gordon hatte alles versucht, um sich ihr zu nähern. Vorsichtig und mit dem nötigen Maß an Verständnis für ihre Situation, war er an sie herangetreten. Je häufiger sie ihn abgewiesen hatte, desto mehr hatte sich der Wunsch in ihm manifestiert, dass er sie besitzen wollte. Mit allem, was sie zu bieten hatte. Sie sollte nicht nur vor der Tür seines Büros sitzen, nein … er wollte sie in seinem Bett haben. Wollte Körper und Geist dieser Frau sein Eigen nennen können. Wollte sie lieben, mit allem, was dazugehörte. Doch immer wies sie ihn ab. Und nun das. Fassungslos ging er in ihrem Wohnzimmer auf und ab, immer wieder rieb er sich über die Stirn. Nun hatte er eine Ahnung bekommen, warum sie ihn abgewiesen hatte. Sie war augenscheinlich versorgt. Mit allem versorgt, was sie brauchte. Eifersucht stieg in ihm auf, und kurz malte er sich aus, wie das Gesicht dieses Mannes aussehen würde, wenn er, Gordon, es in seine Finger bekäme. Doch auch dieser Gedanke half nicht, die Erregung, die Aufregung zu mildern, die in ihm aufgestiegen waren, als er diese beiden Bilder angesehen hatte. Diese Fotos hatten ihn erregt, und in seiner Hose, die wie immer etwas zu groß schien, zeichnete sich seine Erregung trotzdem deutlich ab. Mit einem leicht säuerlichen Grinsen sah er an sich herunter und zischte leise, sein Kumpel solle sich in seine Urform zurückscheren. Natürlich passierte daraufhin gar nichts. Leise seufzend legte er den Kopf in den Nacken und lachte tonlos. Er machte sich zum Gespött seiner Umgebung. Gordons Reputation in Bezug auf Eroberungen hatte aufgrund Avas Prinzipien schon arg gelitten. Es musste doch für einen Chef möglich sein, seine Sekretärin ins Bett zu kriegen. Die süffisanten Bemerkungen seiner Freunde bohrten arg an seinem Selbstbewusstsein. Und wenn er ehrlich war, dann waren seine sexuell amourösen Abenteuer nur ein Ablenkungsmanöver. Aber das würde er nie zugeben. Nicht vor seinen Freunden. Und schon gar nicht vor Ava. Niemals. Gordon hatte sich angewöhnt, immer dann eine Frau mit zu sich zu nehmen, wenn ihm seine Fantasie bezüglich Ava einen Streich spielen wollte. Es hatte sehr lange gedauert, bis er sich dessen bewusstgeworden war, und noch etwas länger, bis er es sich eingestanden hatte. Er litt dann unter Schlaflosigkeit, und wenn er sie am Morgen im Büro sah, wie sie ihn anlächelte, so unschuldig, dann war der Tag für ihn kaum zu überstehen. Also holte er sich eine von den Frauen, die glaubten, es über sein Bett in seine Modelkartei zu schaffen, vögelte sie ordentlich durch, und danach konnte er Ava wieder gegenübertreten, ohne sie auf ihrem Schreibtisch flachzulegen. Eine Vorgehensweise, die sich bis heute bewährt hatte. Dass Ava den Damen dann meist das Ende dieser Affären beibringen musste, fiel für ihn unter ausgleichende Gerechtigkeit. Sie wollte nicht mit ihm schlafen, dafür musste sie wenigstens hinter ihm aufräumen. Hatte eine seiner

Affären länger Bestand, versuchte er für gewöhnlich die Damen von seiner Vorliebe für bestimmte sexuelle Praktiken zu überzeugen. Bis heute, so gab er ungern zu, ohne viel Erfolg. Und nun das.

5

Da saß diese Traumfrau direkt vor seiner Tür, und sein elendiger Ehrenkodex, ihre saublöden Prinzipien zu respektieren, brachte ihn schier um den Verstand und um jede Gelegenheit, sie doch noch in sein Bett und in sein Leben zu bekommen. Gordon hörte es hinter sich rascheln und wandte sich um. Ava stand lächelnd in der Tür zum Bad und kramte in ihrer kleinen Handtasche. Wie sie dort stand, mit diesem arglosen Lächeln, war an Hohn nicht mehr zu übertreffen. In seiner aufkeimenden Fantasie trug sie nicht dieses schwarze Outfit, von dem er sicher war, dass der *Franzose* entzückt sein würde. Nein, sie stand mit Fesseln vor ihm und genoss seine Berührungen. Innerlich verpasste er sich eine schallende Ohrfeige, damit er sich wieder beruhigen konnte. „Fertig?" Er versuchte seiner Stimme den üblichen Klang zu geben, er bezweifelte aber, dass es ihm gelang. Ava nickte und ging an ihm vorbei zur Tür. Ihr Parfüm stieg ihm in die Nase und berauschte zusätzlich seine Sinne. Wie er den Abend neben ihr überstehen sollte, ohne zum Tier zu werden, war ihm schleierhaft. Gordon gab sich einen Ruck und ging hinter ihr her. „Neues Parfüm?", fragte er und versuchte möglichst beiläufig zu klingen. Ava schüttelte den Kopf. „Immer noch das gleiche wie vor fünf Jahren." Sie lächelte nachsichtig, als er an ihr vorbeiging und sie die Tür abschloss. Die Fahrt zum Restaurant war für ihn die Hölle. Ständig musste er den Drang unterdrücken, rechts ranzufahren und über sie herzufallen. In seinem Kopf tobte ein Krieg. Das hier, das war doch eine ganz einfache und offensichtliche Sache. Er Chef, sie Sekretärin. Überall im Land konnte man diese Kombination im Bett vorfinden. Nur hier bei ihm nicht. Gab es wirklich keine Möglichkeit für ihn, diesem Problem Herr zu werden? Je länger er darüber nachdachte, desto fester krallten sich seine Hände um das Lenkrad. Irgendwann traten seine Knöchel weiß hervor, und er merkte es nicht einmal. Bis jetzt hatte er sich immer gut unter Kontrolle halten können, aber diese Bilder hatten etwas verändert. Er fühlte sich, als sei ein Knoten geplatzt. Einer, der schon viel zu lange festgezurrt war und der nun mit dem „Schmand" der Jahre aufriss. Einer, der sich nun zwar geöffnet und ihm Einsicht in ihr Leben gegeben hatte, der aber damit nur noch mehr Fragen aufwarf und sich somit zu einem gordischen Knoten entwickelt hatte, der alles nur noch komplizierter machte. Es war zum Schreien, und wenn sie nicht neben ihm gesessen hätte ... er hätte es getan. „Alles in Ordnung?" Fast hätte er ihre Frage überhört, so beschäftigt war er mit seinen Gedanken. Ava hatte ihn während der Fahrt beobachtet, und dass etwas nicht stimmte, bestätigte sich im Laufe dieser Autofahrt durch das nächtliche London. Gordon missachtete Verkehrsregeln, und seine Gesichtszüge sprachen Bände. „Ja ... alles in Ordnung." Er räusperte sich und versuchte möglichst beiläufig zu klingen. „Schlecht gelogen, Chef", gab Ava schmunzelnd zur Antwort, „äußerst schlecht gelogen." Es gab kaum etwas, das Gordon vor ihr verbergen konnte. Dafür war ihr Verhältnis in den letzten Jahren einfach zu eng, zu nachhaltig geworden. Sie sah es ihm bereits an der Nasenspitze an, wenn er morgens aus dem Aufzug stieg, dass es für sie im Laufe des Tages eine besondere Aufgabe zu erledigen gäbe. Sie roch es quasi, wenn sein Morgenkaffee nicht die gewünschte Stärke hatte und er noch nicht richtig wach war. Gordon konnte kaum noch etwas vor ihr verbergen. Ava hatte gute Arbeit geleistet in den letzten Jahren. Und darauf war sie stolz. Mit einem *Shit* fuhr Gordon ruckartig auf den Bürgersteig und stellte den Motor ab. Ava hielt sich erschrocken an ihrem Sitz fest. „Also doch", dachte sie mehr erschrocken als zufrieden darüber, dass sie recht behalten hatte. Für einen Moment starrte Gordon auf die Straße vor ihm und rieb seine Hand gedankenverloren über sein Kinn. Dann, plötzlich und unerwartet, wandte er sich Ava zu. „Was ist eigentlich so schlecht an mir?" Ava schluckte. Sie hatte alles erwartet, aber diese Frage warf sie dann doch etwas aus der Bahn. „Wie …", sie stotterte selten, aber wenn, dann richtig. „Was ist so schlecht an mir, dass du dich nicht von mir vögeln lässt, verdammt noch mal." Ava riss die Augen auf, und ihr blieb für einen Moment der Mund offenstehen. Gordon Sumner war bekannt dafür, dass er die Dinge gerne beim Namen nannte. Sie hatte oft genug damit zu tun, für ihn das Porzellan, welches er mit seinen verbalen Auswüchsen zu zerschlagen pflegte, wieder aufzukehren. Aber bis heute, und darauf war sie immer ein wenig stolz gewesen, hatte er sich bei ihr zurückgehalten. Und *„vögeln lassen"* gehörte für sie definitiv zu den Verbalentgleisungen. Sicher wurde sie nicht rot dabei oder empörte sich über solche Ausdrücke. Aber es war mehr als ungewöhnlich, dass er ihr gegenüber so ausfallend wurde. „Wie …", so richtig hatte sie die Sprache noch nicht wiedergefunden, und so beschränkte sich ihr Teil der Unterhaltung auf Stottern. „Tu nicht so scheinheilig!" Der Ton seiner Stimme, war mehr als ärgerlich. „Überall ficken Chefs ihre Assistentinnen, nur meine stellt sich quer." Für einen Moment schwieg er, und es schien, als würde er nachdenken. „Bin ich wirklich so ein Arschloch? Oder so abstoßend? Ich versteh's nicht. Tut mir leid ich verstehe es einfach nicht." Zur Bestätigung dessen, was er gerade gesagt hatte, schüttelte er den Kopf. „Mal davon abgesehen, dass du keine Ahnung hast, was dir entgeht", er lachte süffisant, „scheint die Vorstellung, dass du mit mir schläfst, fürchterlich zu sein." Ava hatte ihm zugehört, ungläubig, aber sie hatte ihm genau zugehört. Jetzt kämpfte sie gegen Wut und Unglaube an, dass sie ein paarmal heftig schluckte und trotzig aus den Fenstern nach draußen schaute. Wenn du Idiot wüsstest, war noch der harmloseste Gedanke, der ihr dabei durch den Kopf ging. Unzählige Male hatte sie daran gedacht, sich auf ihn einzulassen. Aber immer schwang im Hintergrund mit, dass es ihr Chef war, den sie wollte. Jede Fantasie, die sie hatte, kam zu dem Schluss, dass es Gordon Sumner – Mr. Beziehungsunfähig höchstpersönlich – war, mit dem sie sich niemals einlassen durfte. Wie oft hatte sie daran gedacht, wenigstens einmal mit ihren Händen durch dieses wirre rote Haar zu streicheln. Ihm die Hände an die Wange zu legen, damit sie etwas von der Güte, die er durchaus in sich hatte, spüren konnte. Aber jede Annäherung von ihr wäre auch gleichzeitig das Aus gewesen – und was dann?

6

Was ..., wenn dieses Verhältnis mit ihr ihm irgendwann auf die Nerven ging und er sie nicht mehr sehen wollte? Dass dies nur zur Folge haben würde, dass sie die Kündigung in der Tasche hätte, war doch nur logisch. Sie kannte ihn gut genug, um zu wissen, dass ihn seine Weibergeschichten relativ schnell langweilten. Und wer sollte ihr dann die Blumen und die Brosche zum Abschied besorgen? Sie sich selbst? Lachhaft. „Sie reden Müll, und das wissen Sie auch." Sie hatte leise gesprochen, angestrengt ihre Wut unterdrückt, und dabei auf ihre Hände geschaut, die gar nicht aufhören wollten, sich ineinander zu verschränken. Gordon stieß einen leisen, verächtlichen und ziemlich schrägen Pfiff aus. „Das glaub ich dir nicht, also: Woran liegt es?" Ava hob den Blick, und ihre dunklen Augen suchten seine. Gordon sog hörbar die Luft ein, als ihr Blick ihn mit der vollen Wucht ihrer Gefühlswelt traf. Vorwurf, Wunschdenken und Vernunft sah er darin. Alles auf einmal. „Weil es bei dir, du Idiot, nicht funktioniert, und ich keine Lust habe, meinen Arsch auf der Straße wiederzufinden!" Er wich erstaunt zurück. Das waren Töne, die er von ihr nicht kannte. Aber vor allem waren es deutliche Worte. „Und jetzt fahr endlich weiter, sonst kommen wir noch zu spät." Gordon war zu perplex, um noch etwas zu diesem Thema sagen zu können. Beinahe gehorsam und vollkommen verdattert startete er den Wagen und reihte sich in den Verkehr ein. Lange nahmen die Straßen seine Aufmerksamkeit voll in Anspruch. „Woher willst du das wissen? ... Ich mein ..., dass das nicht funktioniert?" Er sah sie bei dieser Frage nicht an. Irgendwie ahnte er, dass er die Antwort kannte, und dies gefiel ihm nicht. Und außerdem hätte er diesen vorwurfsvollen Blick aus ihren dunklen Augen nicht ertragen können. Nicht noch einmal. „Ich hab bei dir genug gesehen und wie bereits erwähnt: Ich mag meinen Job und sehe auch keinerlei Veranlassung, diesen dadurch zu beenden, dass ich mich durch die Chefetage vögeln werde. Du bist nun mal nicht wirklich für Beziehungen geeignet. Und wenn du das Interesse an mir verlierst, glaubst du wirklich allen Ernstes, dass ich es ertragen könnte, wie du dich morgens nach einer durchgebumsten Nacht mit einer anderen schlecht gelaunt an mir vorbei ins Büro schleichst? Oder noch besser: Gut gelaunt?" Ava stieß empört die Luft aus, für sie war das Thema vom Tisch. Obwohl ... irgendwo ganz hinten in ihrem Ego fühlte sie sich doch geschmeichelt, dass er sich ihretwegen einen solchen Ausbruch geleistet hatte. Aber dieser Moment währte nur kurz, dann stieg der Ärger wieder in ihr auf. Sie lehnte sich zurück in den Autositz und dachte nach. Was glaubte dieser Kerl eigentlich? Sie so zu überfahren? Ava hatte genug damit zu tun, diesem Kerl Benehmen beizubringen, nun fing er auch noch damit an, dass er sie zu einer seiner Bettgeschichten degradieren wollte.

Na super. Wo lag eigentlich das Problem für ihn? Was war so schwer daran, sie einfach nur als das zu sehen, was sie seit fünf Jahren versuchte, für ihn zu sein? Eine verdammt gute Assistentin. War ihm das so wenig wert? Sie nahm ihm wirklich alles an Arbeit ab, damit er sich auf die wichtigen Dinge konzentrieren konnte. Sie hielt ihm im großen Ganzen genauso wie in den kleinen Dingen den Rücken frei. Sie war sein seelischer Mülleimer, denn wie oft hatte er bei ihr daheim mitten in der Nacht auf der Couch gesessen und sich bei ihr über seine Affären beklagt? Ava hatte sich nie vorgedrängt und nach mehr Verantwortung verlangt oder dass er sie gar in die Öffentlichkeit brachte. Sie wollte einfach nur einen guten Job machen. Ohne dabei die Beine für ihn breitmachen zu müssen. Sie kannte natürlich die mehr als unterirdischen Bemerkungen seiner männlichen Bekannten über sie. Meist scherzhaft, doch leider auch schmerzhaft für sie, wurde sie immer wieder gefragt, wann sie sich denn endlich von ihrem Chef besteigen lassen würde. Und nein, diesen Begriff dachte sich niemand aus. Sie war tatsächlich auf diese Art gefragt worden, ob sie sich ihren Chef nicht untertan machen wolle. Sie hasste diesen Typus Mensch. Das waren diejenigen, die ihre Assistentinnen auf die Straße setzten, und dies nur, weil diese Frauen zu blöd waren, ihren Hintern rechtzeitig zu retten, und somit auf Versprechungen reingefallen waren, die diese Typen nie erfüllen wollten. Sie kannte Gordon gut genug. Er war einer von denen. Leider. Und wenn sie nicht gewesen wäre, hätte so manche Kollegin in der Agentur erleiden müssen. Sie wusste, wie er seine Abenteuer ins Bett bekam, und sie wusste, wie er sie wieder loswurde. Durch Ava. Sollte sie sich ihm wirklich freiwillig zum Fraß vorwerfen, um dann auf der Straße zu stehen? Was bildete der Kerl sich eigentlich ein? Sie erreichten das Restaurant. Die letzten Minuten dieser Autofahrt hatten sie sich eisig angeschwiegen. Da draußen vor den Scheiben des Autos herrschte das pure, lustvolle Leben. Das „Swinging London". Und im inneren seines Wagens hätte selbst der Tod Atembeschwerden bekommen, so kalt war die Atmosphäre hier. Gordon hielt den Wagen an, stieg aus und kam auf ihre Seite, um ihr beim Aussteigen behilflich zu sein. „Wenigstens hat er sein Benehmen nicht ganz über Bord geworfen", dachte Ava, als sie seine Hand ergriff. Er machte einen zerknirschten Gesichtsausdruck, als sie an ihm vorbei in Richtung Restaurant ging. Wahrscheinlich tat ihm sein Ausbruch schon wieder leid, und er war mehr als wütend auf sich, es auf diese Art so weit gebracht zu haben. Sie hörte die Autotür zuknallen und wartete auf ihn. Gordon räusperte sich noch einmal, richtete seinen Blazer und ging an ihr vorbei, um ihr die Tür aufzuhalten. Dabei vermied er es jedoch, ihr in die Augen zu sehen. Ava schmunzelte. Er wusste, er hatte sich tüchtig in die Nesseln gesetzt und würde nun den Abend über leiden. „Richtig so." Ein leichter Anflug von Schadenfreude durchströmte Ava. Sie betraten nacheinander das Restaurant.

7

Ava blieb hinter Gordon stehen, so wie sie es immer tat, wenn sie gemeinsam auftraten. Er war der Star, er hatte den Vortritt. Vorsichtig lugte sie hinter seinem Rücken vor und wagte einen Blick in das Restaurant. Der *Franzose* hatte zwecks Promotion seines neuesten Films alles eingeladen, was in dieser Stadt Rang und Namen hatte. Ava seufzte leise. Kein Terrain für sie, aber nun … da musste sie durch. Sie ahnte, dass kaum einer der Anwesenden wusste, worum es an diesem Abend ging. Die eine Hälfte der Gäste hatte das Gerücht gehört, dass es sich um eine Premierenparty handelte, der anderen Hälfte war es schlicht egal, warum sie hier war. Es zählte nur, dass man bei solchen Ereignissen gesehen wurde und nicht in Vergessenheit geriet. Diese Bussi-Gesellschaft war ihr zuwider. Und Ava hatte in den letzten Jahren auch nicht gelernt, sich über dieses Gehabe der sie umgebenden Menschen hinwegzusetzen. Sie war Gordon dankbar, dass er nicht darauf bestand, dass sie ihn ständig begleitete. Es reichte ihm, dass sie in der Lage war, solche Events zu organisieren und die Aufsicht darüber jemandem in die Hände zu legen, der es seinerseits verstand, dies zu tun. Sie hatte sich kaum einen Überblick verschafft, als Brandon Cox bereits auf sie zustürmte. Einen eleganten Schwenker um ihren Chef später hatte Cox sie bereits in Beschlag genommen. Ava war, als hätte sie Gordon unwirsch grummeln hören, aber sie war sich nicht sicher, und deshalb schob sie dieses eigenartige Geräusch auf die laute Umgebung. „Ärger im Paradies?" Cox lachte laut, als er Avas strafenden Blick sah, und drückte sie demonstrativ noch etwas näher an sich. Sie schüttelte den Kopf und versuchte so, dem unweigerlich folgenden Gespräch auszuweichen. Doch Brandon Cox war nicht durch ein Kopfschütteln zu beeindrucken. Wenn sich der *Franzose* etwas in den Kopf gesetzt hatte, dann wurde man so lange weichgeklopft, bis man sein Geheimnis preisgab. „Wie kommen Sie darauf", fragte sie so bissig wie möglich. Sie mochte es nicht, so in Beschlag genommen zu werden, und fühlte sich dementsprechend unwohl. Gleichzeitig richteten sich nun die Blicke der Anwesenden auf sie. Noch ein Grund mehr, im Erdboden zu versinken. Sie senkte den Kopf, doch Brandon Cox wusste, wen er da im Arm hielt, und legte ihr einen Finger unter das Kinn und hob ihren Kopf an. „Erstens: Sie werden sich hüten, ihr hübsches Gesicht heute Abend den Blicken der Neugierigen zu verheimlichen, denn ich will Sie heute zeigen." Sein Lächeln ging über sein ganzes Gesicht, und Ava empfand seine Ansage als bedrohlich. „Und zweitens: Um auf Ihre Gegenfrage zu antworten: Ich kenne Gordon seit dreißig Jahren. Ich weiß, wann ihm eine Laus über die Leber gelaufen ist, und ich weiß auch, wann diese Laus besonders hübsch war." Er lachte laut über ihren entsetzten Gesichtsausdruck und führte sie zu einem Tisch am anderen Ende des Lokals. „Sie huschen ganz nach hinten, ich will vermeiden, dass Sie sich heute heimlich aus dem Staub machen ... so wie beim letzten Mal." Es lag eine gönnerhafte Strenge in seiner Stimme, und Ava wurde rot. Sie hatte nicht erwartet, dass ihre Flucht vom letzten Mal von jemandem als solche erkannt worden war. Gehorsam rutschte Ava auf den hintersten Platz der Bank, die den Tisch umrahmte, und legte ihre Tasche ab. Während sie dies tat, grüßte sie einige der Gäste am Tisch mit einem scheuen Lächeln. „Herzzerreißend", grinste Cox, „ich liebe es, wenn sie so schüchtern ist!" Brandons Neckereien begannen Ava auf die Nerven zu gehen, und so konzentrierte sie sich auf das Geschehen vor ihrem Tisch. Von hier aus hatte man die Gäste des Restaurants wie auf dem Präsentierteller im Blick. Zunächst fiel ihr Gordon auf, wie dieser einige Gäste begrüßte. Sicher, er überragte mit seiner Größe einen Großteil des Publikums hier, und es war somit ein Leichtes, ihn in einer größeren Menge ausfindig zu machen. Aber es war ihr, als hätte sie ihn gesucht, nicht bewusst gesucht. Doch sie hatte es getan. Als Nächstes fiel ihr sein säuerlicher Gesichtsausdruck auf. Er schien sich noch nicht beruhigt zu haben, nach seinem Ausbruch im Wagen, und er wollte anscheinend auch keine demonstrativ gute Laune an den Tag legen. Argwöhnisch beobachtete er Ava und Brandon, wie dieser mehr als vertrauensvoll den Arm um ihre Schulter legte. Und nicht nur Ava bemerkte diesen Blick. Sie spürte Wut in sich aufsteigen. Das würde ein äußerst unangenehmer Abend werden. „Gordon scheint heute missgelaunt zu sein." Cox hatte sich wie eine Schutzwand vor Ava gebeugt, nippte an seinem Glas und schmunzelte über ihren trotzigen Gesichtsausdruck. „Er meint, dass es endlich an der Zeit wäre, dass ich die Beine für ihn breitmache." Ava hatte leise gesprochen, und innerlich biss sie sich auf die Zunge, denn es gehörte sich nicht, sich bei Kunden über seinen Chef zu beschweren.

Und ihr Verhältnis zum *Franzosen* war sicher nicht so intim, dass sie zu einer solchen Aussage berechtigt war. Aber es war zu spät. Es war bereits passiert, und es war ihr Gesicht, das Bände sprach, und Cox, der sich königlich darüber amüsierte. „Vielleicht sollten wir", begann er leise, während er mit einem Finger die Konturen ihres Busens unter dem schwarzen Pullover sacht nachzeichnete, „ihm mal einen ordentlichen Grund geben, lautstark eifersüchtig zu werden. Schauen wir doch einfach mal, wie lange er braucht, um zu explodieren. Dies ist doch eine wunderbare Gelegenheit zu sehen, wie es aussieht, wenn Gordon die weiße Frau raubt." Cox grinste wie ein Honigkuchenpferd über seine Worte und über Avas entsetzten Gesichtsausdruck. Sie hatte seine Berührungen bis in ihre Zehenspitzen gespürt, und nun rutschte sie unruhig neben ihm hin und her. Brandons Grinsen wurde breiter, als er bemerkte, was die kleine Aktion bei Ava hervorgerufen hatte, und er wurde mutiger. Er rutschte näher an sie heran, legte einen Arm um sie, und der andere verschwand unter dem Tisch zwischen ihren Beinen. Warm und schwer lag sie dort an ihrer Spalte, die ihre Schenkel bildeten. Er veränderte den Druck in seiner Hand, und Ava gefror das Blut in den Adern. Was hatte dieser unmögliche Mensch vor? Sie atmete heftig aus, und ihr Körper wurde stocksteif. Es konnte doch nicht sein, dass er nur ihren Chef eifersüchtig machen wollte? Sie schielte an seiner Schulter vorbei, hinüber zu Gordon, und sah, dass sich dessen Gesichtsfarbe gerade in ein tiefes Rot verwandelte. Sie hoffte, dass er ihre Blicke als genau das verstehen würde, wie diese gemeint waren. Als Hilferuf! Aber

Gordon wandte sich ab. Sie mochte Cox; sie mochte aber seine Spielchen nicht. Und nach Gordons Angriff im Wagen sah sie sich außerstande, sich gegen die Annäherungsversuche von Seiten des Regisseurs zu wehren. Sie war einfach zu verwirrt, zu wütend und zu aufgewühlt, als dass sie sich hätte, hier und jetzt, mit Charme seiner Bemühungen erwehren können. So rutschte sie hilflos dreinblickend auf ihrem Platz ein Stückchen von ihm weg. „Keine Angst", sagte Cox leise, „näher komme ich Ihnen schon nicht. Ist er schon sauer?"

„Und wie", Ava räusperte sich, „hören Sie trotzdem bitte damit auf ... ich bin heute nicht wirklich in der Verfassung, dass hier zu überspielen."

„Hat er sich denn wirklich so schlecht benommen?" Seine Stimme klang ernsthaft besorgt. Brandon Cox schielte kurz zu seinem besten Freund und konnte nur auf dessen Rücken sehen. Etwas schien hier ganz gewaltig zwischen den beiden schiefzulaufen, und Cox hätte gern gewusst, was. Er kannte den bulligen Mann schon zu lange, und er kannte auch dessen amouröse Vorlieben. Und vor allem kannte er die schon fast unstillbare Sehnsucht, die dieser Mann bezüglich der Frau, neben der Cox gerade saß, hegte. Es war kaum ein Treffen zwischen den beiden Männern vergangen, ohne dass Ava nicht wenigstens einmal Gesprächsthema war. Langsam machte sich Cox Sorgen. Sumner war nicht der Mann, der sich mit seiner Zuneigung zu den Menschen versteckte. Wenn er jemanden mochte, dann bekam derjenige dies auch lautstark und mit aller Wucht zu spüren. Sumner war ein Verbalprolet, aber wenn er jemanden zugeneigt war, der beste und vor allem loyalste Freund, den man sich wünschen konnte. Cox und Sumner hatten viel miteinander durchgemacht. Er und Sumner. Beide hatten kurz vor dem finanziellen Ruin gestanden, Beziehungsstress und Allüren hatten sie miteinander erlebt. Cox wusste, wie dieser Mann dort drüben tickte. Nur in Bezug auf Ava wusste er es nicht. Sumner ließ auch keine Diskussionen über sein – nicht vorhandenes – Verhältnis zu ihr zu. Cox verstand nicht, warum sich dieser Mann, der sonst alles und jeden in Beschlag zu nehmen wusste, ausgerechnet bei dieser kleinen Hexe so zurücknahm. Sicher, sie war eine Augenweide, und ja … sie war ein Glücksfall für Sumners Agentur. Sie wäre sicher auch ein Glücksfall für ihn privat gewesen, aber irgendetwas hielt die junge Frau davon ab, sich mit seinem Freund zusammenzutun. Und genau das war der Punkt, den Cox nicht verstand. Avas Blick war genauso traurig wie ihre Stimme in diesem Moment, und Cox nahm sofort Abstand. „So schlimm?" In seiner Stimme lag echte Besorgnis, und plötzlich lachte er, endlich verstand er: „Ava, Ava …! Sie sind mir ja eine." Er legte ihr eine Hand unter das Kinn, und Ava versuchte krampfhaft, seinem Blick auszuweichen. „Es geht gar nicht darum, dass Sie nicht wollen …" Ava wünschte sich in diesem Moment, dass er das, was er sagen wollte, nicht aussprechen würde. „Unsere kleine Assistentin hat sich ernsthaft in den großen Meister verliebt." Manchmal brauchte es nur einen einzigen Blick und man verstand. Sie hatte sich in diesen Kerl verliebt und mehr Angst als Vaterlandsliebe, diese Liebe auch auszuleben. Nun wurde Cox einiges klarer. Beide, und das war der Irrsinn an der Geschichte, beide waren ineinander verliebt, nur hatten sie unterschiedliche Vorstellungen von dem, wie sie diese Liebe ausleben sollten. Und das war der Haken. Sumner posaunte für gewöhnlich seine Gefühle lauthals heraus. Und Ava? Sie war nicht nur hierbei die Schüchterne, und sie war vor allem diejenige, die sich einem Klischee aussetzen musste. Und das behagte ihr nicht. Eine verzwickte Situation. Aber zu amüsant, um sich nun zurückzuziehen. Ava zog einen Flunsch, und Cox fand, egal was der Abend noch bringen würde, bis jetzt hatte er sich schon mehr als gelohnt. Nun war es raus, und nun würde es bald jeder wissen. Inklusive Gordon Sumner, dafür würde er schon sorgen, und was der daraus machen würde, war so klar wie Kloßbrühe. Er würde sie ständig damit aufziehen. Wie dumm sie wäre, was sie alles haben könnte und, und, und.

8

Ava hasste Cox in diesem Moment so sehr, dass sie es kaum in Worte fassen konnte. Natürlich hatte sie sich in Gordon verliebt. „Himmel, was war denn so schlimm daran? Alle Sekretärinnen waren irgendwie und irgendwann mal in ihren Chef verliebt", dachte sie trotzig. Aber sie wollte eben nicht dieses Offensichtliche sein. Sie wollte nicht das Bumsverhältnis vor der Tür des Chefs sein. *War das so schwer zu verstehen?* Lieber entsagte sich Ava diesem Gefühl, das eine Beziehung mit Gordon hervorrufen würde. Sie wollte lieber leiden, als arbeitslos zu sein. Und außerdem war da ja auch noch Gordon, und der war in den letzten Jahren nicht besonders gut mit seinen Liebschaften und Affären umgegangen. Und so wollte sie bestimmt nicht enden. So viel Selbsterhaltungstrieb hatte sie dann doch noch. Dann lieber ein striktes Nein und als Zicke gelten. So war es sicherer. So war sie auf der sicheren Seite. Sie konnte ihn als ihr Eigen betrachten, sich in sicherem Abstand über ihn ärgern und vor allem: Sie konnte aus dieser Entfernung Dinge mit ihm tun, die ihr womöglich die Schamesröte ins Gesicht getrieben hätten, wenn sie im realen Leben auch nur gewagt hätte, daran zu denken. Sie war immer neugierig gewesen, wenn es um Sex ging, und David, der Fotograf, hatte nach ihrer gescheiterten Ehe und einigen sehr langweiligen Kurzbeziehungen diesbezüglich schon sehr viel intensive und lustvolle Arbeit an ihr geleistet. Ava war unter Davids Bemühungen aufgeblüht, hatte gelernt, wozu sie fähig war, und sie hatte es mehr als nur genossen, wenn sie nach diesen Stunden gemeinsam zum Orgasmus kamen. Sie liebte es, sich mit Davids Hilfe zu finden. Und sie lernte schnell. Aber es war nur eine freundschaftliche Affäre, und das würde es auch bleiben. *Friends with Benefits.* Irgendwann hatte sie dann festgestellt, dass Gordon in Sachen Sex auf einer ähnlichen Schiene fuhr. In Gesprächen, die sie mit seinen Ex-Freundinnen über deren kurze Affären mit ihm führte und die quasi zu ihrem Job dazugehörten, egal, wie unangenehm sie für Ava waren, hörte sie von Spuren auf deren Hintern, Seilen, die über Körper gespannt waren, und Schmerzen der Lust. War dieser Umstand für die Affären meist hinderlich, sich weiter mit Gordon zu beschäftigen, musste Ava in diesen Momenten an sich halten. Zu sehr erregte sie der Gedanke, dass sie es wäre, mit der er diese Spielchen trieb. Zu stark reagierte sie auf die Vorstellung, dass es ihr Körper war, den er so verwöhnen wollte. Diese Weiber hatten ja keine Vorstellung, zu was Mann und Frau in solchen Situationen fähig waren. So litt sie leise vor sich hin, entsagte sich allen Annäherungsversuchen von Gordon und tat so, als wäre alles in schönster Ordnung. Und nun hatte Brandon Cox sie enttarnt. Ava sank in sich zusammen. Dieser Abend war eine Katastrophe. Sie versuchte sich abzulenken, indem sie sich die Gäste ansah. Und nicht nur das, sie suchte nach einem Fluchtweg. Das hier war einfach zu viel. Aber Cox schien zu ahnen, dass sie Fluchtpläne schmiedete, und hielt im weiteren Verlauf des Abends über, ihre Hand. Ab und an tauchte sogar Sumner in ihrer Nähe auf. Aber Gordon kam den beiden nie so nah, dass er sich mit Cox hätte unterhalten müssen. Dieser registrierte das Ausweichen seines Freundes mit einem wissenden Lächeln und Ava war es hundeelend zumute. Sie lauschte kaum auf die Gespräche, aß kaum etwas von den hervorragenden Speisen, die das Buffet bot, und hielt sich mit ihrer freien Hand an ihrem Weinglas fest. Irgendwann löste sich Cox von ihrer Hand und stand auf, nicht ohne ihr einen vielsagenden Blick zuzuwerfen. *Wo war das nächste Erdloch, in dem man verschwinden konnte, wenn man es benötigte? Nicht da. Was sonst.* Ava versuchte sich so klein wie möglich zu machen und beobachtete, wie Cox sich ein Mikrofon nahm, darauf klopfte, um einerseits zu testen, ob es funktionierte, und andererseits die Aufmerksamkeit seiner Gäste auf sich zu lenken. Es funktionierte, und das allgemeine Stimmengewirr verstummte. „Zunächst einmal möchte ich mich artig dafür bedanken", begann Cox auf seine bekannt süffisante Art, „dass ihr alle so brav meiner Einladung gefolgt seid." Allgemeines gekünsteltes Lachen folgte auf diese Begrüßung. Ava betrachtete das Publikum, und ihr Blick blieb an Gordon hängen. Er stand etwas abseits und hielt ein Glas in der Hand. Untypisch für ihn. Normalerweise war er mittendrin im Geschehen, und am Ende des Abends waren seine Jackentaschen gefüllt mit kleinen Zetteln, auf denen Telefonnummern vermerkt waren, die Ava so bald wie möglich archivierte. Aber Gordon schien heute nicht in der Verfassung zu sein, sich neue Gesichter in seine Kartei zu holen. „Wie ihr alle wisst, seid ihr hier, um mit mir und meinem Team den gelungenen Abschluss und die wunderbare Premiere des kleinen Filmchens zu feiern, der heute landesweit in die Lichthäuser kam." Cox blickte in die Runde, um hier und da war ein schuldbewusstes Lächeln zu sehen. „Ja, ja, … ich weiß … keiner von euch ist deshalb hier. Ich füttere Euch mal wieder auf meine Kosten durch!" Er winkte scheinbar genervt den Applaus seiner Zuhörer ab, dann ging er ein paar Schritte auf Gordon Sumner zu, und dieser sah ihn fragend an. Aber Cox sprach unbeirrt weiter. „Ihr seid aber auch hier, um mein nächstes Projekt kennenzulernen, das ich in der nächsten Zeit für die *Literarische Gesellschaft Britanniens* gestalten werde", er machte eine bedeutungsvolle Pause, in der er sein Publikum lockte und dafür sorgte, dass er die anhaltende Spannung im Raum noch etwas steigern konnte. „Denn", so sagte er gedehnt, „denn dieses Projekt wird unseren Großmeister hier zum Thema haben." Er grinste breit über den dämlichen Gesichtsausdruck, den Sumner zum Besten gab. „Aber mehr wird nicht verraten. Denn diejenigen, die dabei sein werden, bekommen in den nächsten Tagen Post von mir."

9

Cox lachte laut auf. Sumner sah von ihm zu Ava und wieder zurück zu Cox. Was hatten die sich da ausgedacht? Fragend sah er Ava an, und als die nervös den Kopf schüttelte, zurück zu Cox. Als plötzlich leise ansteigender Applaus zu hören war, verneigte sich Cox und legte das Mikrofon beiseite. Ava lächelte tapfer, versuchte aber immer wieder Gordons Blick zu erhaschen. Doch dieser hatte sich aus dem Staub gemacht. „Sie sind ein elendes Miststück, Brandon", keuchte Ava, als dieser zu ihr kam und wieder neben ihr Platz nahm, „Sie wissen doch, dass er so etwas nie zulassen würde."

„Die Zeit ist reif, dass Gordon in

den Mittelpunkt gerückt wird", flüsterte Cox ihr ins Ohr, während er die umstehenden Gäste anlächelte. „Er hat mehr für die Kultur dieser dummen Bastarde getan, als die verdammten Schreiberlinge es je alle zusammen tun werden." Er nippte an seinem Glas. Ava sah ihn verständnislos an. Ihre Vorstellungen, was er sich unter dem „Projekt" vorstellte, überschlugen sich. Vor allem aber stellte sie sich die Frage, warum er nicht vorher mit Gordon darüber gesprochen hatte. Oder zumindest mit ihr. Die Antwort darauf erhielt sie prompt, denn Cox lehnte sich mit zufriedenem Gesichtsausdruck zurück. „Sie fahren dieses Jahr mit ihm nach Cannes?", fragte er beiläufig, und sie nickte. „Gut, ich brauche Sie für ein paar Recherchen. Es gibt einige Dinge in Gordons Leben, die sich mir bis jetzt nicht erschlossen haben, und Sie, meine Liebe, werden diese Geheimnisse für mich entschlüsseln und anschließend in einem kleinen Interview präsentieren." Cox war sehr zufrieden mit sich. Er strich ihr eine Strähne aus dem Gesicht und amüsierte sich köstlich über das Entsetzen, das er in ihrem Gesicht sah. „Ava …", er holte tief Luft. „Sie sind zu hübsch und zu talentiert, um dort vorn vor seiner Tür zu versauern. Ich kann Ihnen aus dem

Stegreif mindestens fünf Agenten nennen, die dafür töten würden, Sie in ihre Besetzungsliste zu bekommen. Und genau aus diesem Grund sind Sie die Richtige für diesen Job. Sie sind ihm näher als irgendjemand sonst. Gordon weiß das, ich weiß es, und die fünf potenziell mordenden Agenten wissen das auch." Cox beobachtete sie genau, und sein Lächeln wurde immer breiter. „Aber zu Ihrer Beruhigung: Ich werde dafür sorgen, dass Sie nun klammheimlich verschwinden können." Er winkte einem seiner Assistenten, und dieser schien nur auf dieses Zeichen gewartet zu haben, denn er verschwand augenblicklich, um kurz darauf wiederaufzutauchen. „Ihr Taxi steht vor der Tür." Brandon erhob sich und zog Ava, die immer noch vollkommen paralysiert schien, mit sich. Cox legte ihr einen Arm um die Hüften und schob sie mehr zur Tür hinaus, als dass sie selbst ging. Während sie den Raum verließen, versuchte Ava, Gordon ausfindig zu machen. Aber der war wie vom Erdboden verschluckt. Die frische Luft des späten Abends blies ihr den Kopf frei. Sie atmete tief durch und warf einen vorwurfsvollen Blick auf Cox. „Das werde ich Ihnen nie verzeihen." Sie lehnte an seiner Schulter, während er die Tür des Taxis öffnete. „Doch, werden Sie",

antwortete er mit einem selbstsiche-
ren Lächeln, „spätestens Montagmorgen." Er küsste sie noch einmal auf die
Stirn, und nachdem er sie in das Taxi
verfrachtet hatte, warf er die Tür zu
und gab dem Fahrer Anweisungen,
wohin dieser Ava zu bringen hatte.

Dann winkte er ihr und ging wieder
hinein.

10

Endlich allein, endlich Ruhe. Sie
war froh, dass der Taxifahrer einer der
seltenen Vertreter war, die ihre Fahr-
gäste nicht mit dummem Geschwätz
zu unterhalten versuchten, und sie
sich deshalb in ihren Sitz zurück-
lehnen konnte. Dieser Abend würde in
ihre persönliche Geschichte eingehen.
Auf der dunklen Seite ihrer Geschichte, wohlgemerkt. Es war alles, aber
auch wirklich alles schiefgegangen,
was hatte schiefgehen können. Wie
konnte es dazu kommen, dass Gordon
so ausfallend wurde? Es lief doch all
die Jahre hervorragend, warum heute,
warum jetzt? Und dieser Cox, der Teufel sollte ihn holen mit seiner Selbstge-
fälligkeit. Was fiel diesem Menschen
eigentlich ein, sie so zu überfallen? Ob
Gordon ihr abnahm, dass sie keine

Ahnung gehabt hatte? Sie sah hinaus in die Nacht und auf die Straßen, die an ihr vorbeiflogen. Ava sah die Menschen dort draußen, die lachten, scherzten und die sich in den Armen lagen. Es sah alles so einfach aus. Aber war es das auch? Für sie nicht. Nein … definitiv nicht. Natürlich hätte sie sich über alle Klischees hinwegsetzen und sich mit Gordon einlassen können. Und wieder fragte sie sich zum hundertsten Mal, warum sie das nicht schon längst getan hatte. Es hätte ihr doch egal sein können, was andere denken. Es hätte ihr egal sein müssen. Trotzdem war es genau das, was ihr auf der Seele lag und dass es ihr unmöglich machte, sich ihm hinzugeben. Das Taxi wurde langsamer, bog in ihre Straße ein und hielt dann ganz. Ava zahlte und stieg aus. Wie sehr sie diese kleine Straße mochte. So herrlich normal. Nichts deutete darauf hin, dass es hier Tragödien gab oder dass die Welt hinter diesen kleinen bunten Türen nicht in Ordnung war. Hier wusste niemand etwas von dieser Welt des Glamours, die nur eine Viertelstunde von hier entfernt den Nabel der Welt darstellte. Ava suchte in ihrer Handtasche nach dem Schlüssel und ging derweil den kleinen Weg zu ihrem Haus hinauf. Sie betrat den Hausflur, und als die Tür hinter ihr ins Schloss fiel, lehnte sie mit geschlossenen Augen daran. Sie seufzte herzhaft. Warum war das alles nur so kompliziert? So schwer? Sie fühlte sich elend und schleppte sich die Treppe hinauf zu ihrer Wohnung. Sie verzichtete darauf, das Licht einzuschalten, legte ihre Sachen auf der Küchentheke ab und ging zum Kühlschrank. Doch der Inhalt konnte sie heute Abend nicht mehr reizen. Sie griff nach einer geöffneten Weinflasche, holte sich ein Glas aus dem Schrank, und auf dem Weg zu ihrem Sofa schüttelte sie ihre Ballerinas Von den Füßen. Die Straßenbeleuchtung spendete genug Licht für das traurige Ende eines Abends, der einfach nur eine bessere geschäftliche Besprechung hätte werden sollen. Stattdessen war ihr Leben der Überrest eines besseren Misthaufens. Ava lächelte bei diesem Ausdruck, den Gordon für gewöhnlich in Bezug auf sein Büro verwendete. Sie ließ sich auf die Couch fallen, schenkte sich ein Glas Wein ein, und als sie sich zurücklehnte, zog sie die Beine ganz nah an sich heran. Aber es stimmte ... irgendwie stimmte es. Sie würde ihm nie wieder so gegenübertreten können wie noch heute Morgen. Scheinbar unbedarft, locker und freundschaftlich. Das war heute Abend alles zerstört worden. Aber warum? Sie war immer noch nicht dahintergekommen. Ava stellte ihr Glas auf dem Tisch vor ihr ab, auf dem immer noch der Laptop vor sich hin blinkte. Sie richtete sich auf und klappte den kleinen PC auf. Und auf der Stelle stockte ihr der Atem. Das war nicht das Bild, das sie sich als Letztes angesehen hatte, denn als sie dieses das erste Mal sah, gefiel es ihr nicht besonders. Sie hatte es seitdem vermieden, dieses Bild noch einmal anzuschauen. Und plötzlich wusste sie, warum Gordon ausgerechnet heute so ausgeflippt war. Er hatte geschnüffelt und war fündig geworden. Sein Ausbruch war eine Mischung aus Eifersucht und Begierde. Seltsam vorgetragen, aber so musste es sein. Genervt knallte sie den Deckel des Laptops zu und lehnte sich wieder zurück. Eigentlich konnte man sich nach einem solchen Abend nur noch betrinken. Schamlos betrinken. Ob am Montagmorgen immer noch fünf Agenten dafür töten würden, sie auf die Besetzungscouch zu bekommen, wenn sie vollkommen verkatert im Büro erscheinen würde? Sie grinste und gab sich selbst die Antwort: vermutlich nicht. Montagmorgen. Es grauste ihr schon heute Abend vor der Tatsache, dass sie ihm in zwei Tagen wieder gegenüberstehen würde. So als wäre nichts geschehen. Unmöglich. Ava nippte an ihrem Wein und schloss für einen Moment die Augen.

Sie war müde, aber auch zu aufgedreht, um schlafen zu können. In den nächsten Stunden würde sie kein Auge zu tun. So viel war sicher. Aber womit ablenken? Hier in der Dunkelheit zu sitzen und in Selbstmitleid vermeintliche Lösungen für ihr „kleines, großes" Problem zu finden schied aus. Denn meist entpuppten sich diese Lösungen bei Tageslicht als Unfug. Sie schenkte sich Wein nach und ging zum Fenster. Ein paar Mücken schwirrten um das Licht der Straßenlaterne vor ihrem Haus, vereinzelt waren auch noch einige Fenster in dieser Straße beleuchtet. Doch für gewöhnlich gingen die Menschen dahinter früh zu Bett. Sie lehnte ihre Stirn an die kühle Glasscheibe. Langsam machte sich der Wein bemerkbar. Sie hatte von dem Buffet kaum etwas gegessen, und so konnte der Alkohol sich ungehindert in ihrem Körper breitmachen. Ein angenehmes Kreisen in ihrem Kopf ließ sie schmunzeln. Irgendwo summte etwas. Aber es störte sie nicht, sie sah wieder hinunter auf die Straße.

11

Hatte sich da etwas bewegt? Dort drüben zwischen den parkenden Autos? Sie schüttelte den Kopf, der Wein spielte ihr einen Streich. Immer noch summte irgendwo etwas, und dieses Summen kam ihr bekannt vor. Sie lachte leise, als sie erkannte, woher dieses Summen kam. Sie ging in die Küche, öffnete ihre Tasche und nahm ihr Handy heraus. Eine Nachricht. Unentschlossen, ob sie sich eine SMS mitten in der Nacht noch antun wollte, ging sie zurück zu ihrem Sofa. Ava schaltete die kleine Leuchte auf dem Tisch neben sich an und starrte auf das Display ihres Handys. Eine Nachricht. Nun gut, der Abend war eh schon verdorben, was konnte da nun noch Schlimmes passieren? „Es tut mir leid!!!", las sie dort. Sie scrollte weiter, obwohl sie wusste, von wem diese Nachricht kam. Sie wollte es bestätigt haben und richtig: Diese SMS kam von Gordon. Ava drückte die Ruftaste. Eine orthografisch-fehlerfreie SMS würde sie heute nicht mehr zustande bekommen. Dazu arbeitete der Alkohol bereits schon zu lange in ihrem Kopf. Sie lauschte dem Freizeichen, und ihr Herzschlag schien sich danach zu richten. Als der Ton verstummte und Gordons Stimme hörbar wurde, blieb ihr Herz für einen Moment stehen. „Es tut mir leid", brummte er in den Hörer, „... ich hab mich benommen wie ein Idiot."

„Ich weiß." Mehr konnte sie dazu nicht sagen.

„Ich hab die Bilder gesehen", gab er kleinlaut zu, „und danach ist bei mir eine Sicherung durchgebrannt."

„Ich weiß", sie lächelte, weil sie sich wiederholte. Gordon holte tief Luft, bevor er weitersprach. „Kannst du mich ein bisschen verstehen? Auf diesen Bildern ist alles, was ich je von dir wollte. Da ist das drauf, was ich mir von dir wünsche ... und das seit Jahren ... Bist du sauer?" Ava atmete hörbar aus und schloss die Augen, bevor sie sich von der Couch erhob. „Nein ... eigentlich nicht." Ava war zum Fenster gegangen. Und da lehnte er an seinem Wagen und sah zu ihr herauf. Er stand dort wie ein begossener Pudel, und es reizte sie, ein Adjektiv für ihn zu finden, dass man normalerweise nicht mit ihm in Verbindung brachte: niedlich. Ava lachte leise. „Lachst du mich jetzt aus?" Er schien sich über sie zu amüsieren. „Nein ... Was willst du, Gordon?"

„Reden?"

„Worüber?"

„Über uns."

„Gibt es da etwas zu bereden?"

„Du bist ein Aas und ich hoffe, du weißt das!" Er keuchte, und seine Stimme war noch etwas leiser geworden. „Ich denke schon, dass wir einiges zu bereden haben."

„Und das wäre?"

„Ava … hör auf. Du weißt, was ich meine …!"

„Tue ich das?"

„Würdest du bitte mit diesen Spielchen aufhören?" Ava konnte die Ungeduld in seiner Stimme hören. „Was willst du wirklich, Gordon?"

„Dich … ist das so schwer zu verstehen?"

„Warum?" Er seufzte ausgiebig, und sie lachte leise und verständnislos. „Nur fürs Bett?" Sie ging mit dieser Frage aufs Ganze. „Nein … und das weißt du auch", antwortete er leise, „aber vornehmlich wäre dies die Aktivität, die ich in den nächsten Wochen mit dir durchziehen wollte. Also, doch, irgendwie ja." Wieder musste sie lachen. „Gordon?"

„Ja?"

„Fahr heim." Sie legte auf und beobachtete ihn. Gordon sah auf sein Handy und zuckte mit den Schultern. Dann sah er zu ihr hinauf, schüttelte langsam den Kopf, ging um seinen Wagen und stieg ein. Einen Augenblick später röhrte der Motor des Aston Martin auf, und er fuhr davon. Ava blieb noch lange dort am Fenster stehen. Dieses Telefonat hatte sie nicht im Geringsten beruhigt. Nun wusste sie überhaupt nicht mehr, wie sie ihm am Montag unter die Augen treten sollte. Er wusste über sie Bescheid und sie über ihn. Und es war, wie die Geschichte über die zwei Königskinder. Es gab etwas, das sie nicht zusammenkommen ließ. Irgendwann legte sie sich auf die Couch und schlief ein. Ihr Schlaf war unruhig. In ihren Träumen wurde sie von Gordon und Brandon verfolgt. Gordon lief mit Seilen und Klemmen bepackt hinter ihr her, und als er sie endlich erreichte, fesselte er sie an ihren Schreibtisch, während Brandon das Ganze mit der Kamera dokumentierte und kommentierte. Sie schrie vor Schmerzen, und jeder Schrei wurde von Gordon in Lust verwandelt. Ava lag über ihrem Schreibtisch, während ihr Chef sie von hinten fickte, beschäftigte sich ihr

Mund mit dem Schwanz des Regisseurs. Kurz bevor sie kam, wachte sie schreiend auf. Ava war schweißgebadet. Viel zu früh für einen grauen Samstagmorgen war sie nach diesem Traum aufgewacht. Ihr Schädel hämmerte, und sie schleppte sich in die Küche, um ein Glas Wasser zu trinken. Genauso schleppte sie sich in ihr Schlafzimmer, um sich dort die Bettdecke über den Kopf zu ziehen. Ihr Körper machte ihr jedoch einen gewaltigen Strich durch die Rechnung. An Schlaf war nicht zu denken. Zu den grausamen Kopfschmerzen gesellte sich eine Erregung, die sich durch ihren Unterleib zog und die Schlaf einfach unmöglich machte. Sie glitt mit ihren Händen unter die Decke und fühlte zwischen ihren Beinen nach. Der Traum hatte Spuren hinterlassen. Sie war feucht, und ihre Scham war vor Erregung geschwollen. Sie seufzte ausgiebig. Die Welt war ungerecht. Selbst wenn sie sich nun durch Selbstbefriedigung Erleichterung schaffen würde, sie würde es nicht genießen können. Nicht mit diesem Schädel. Ava schlug die Decke zurück und lief mit geschlossenen Augen ins Bad, öffnete das kleine Schränkchen unter dem Waschbecken und gönnte sich zwei Aspirin. Mit einem großen Schluck Wasser aus dem Hahn brachte sie die Medikamente gerade so herunter. Trotzdem würgte sie. Konnte ein Samstag besser beginnen? Sie vermied den Blick in den Spiegel und schlurfte zurück ins Bett. Ava gab sich gar nicht die Mühe, ihre Hände stillzuhalten. Sie lag mit geschlossenen Augen auf ihrem Bett und legte ihre Hände auf ihre Brüste und hob sie an. Ihre Haut war von einem sanften Weiß. Das wusste sie und sie mochte es. Für gewöhnlich mied sie im Sommer die Sonne, denn anstatt braun zu werden, glich sie nach einem Sonnenbad einem frischgekochten Krebs. Ihre runden, festen Brüste lagen mit aufgerichteten Papillen unter ihren Händen. So hart und weich zugleich. Sie kreiste mit den Zeigefingern um ihre harten Nippel, die sich gleich noch stärker aufrichteten. Der Hof darum kräuselte sich vor Erregung, und in Avas Kopf tauchten die Bilder aus ihrem Traum wieder auf. Ihr Puls beschleunigte sich, und auch ihr Atem passte sich den Bewegungen der Spielgesellen ihres Traumes an. Hinzu kam ihr Wissen um die Realität, denn sie hatte vor ein paar Monaten eine ungefähre Vorstellung davon bekommen, wie Gordon schwanzmäßig ausgestattet war. Beide hatten sie im überfüllten Aufzug nach der Mittagspause eng aneinandergepresst gestanden, und sein bester Freund hatte sich an ihrem Hintern erfreut und sich neugierig aufgerichtet. Gordons Penis musste riesig sein. Und in ihrer Fantasie schaffte sie es kaum, ihn in sich aufzunehmen. Gordon hielt sie an den Hüften und führte sie bei seinen Stößen so leicht wie eine Puppe. So tief, wie es ihm möglich war ohne ihr unangenehme Schmerzen zu bereiten, fuhr er in sie, und er sog dabei hörbar die Luft ein. Ihr Mund war mit dem — zugegebenermaßen — etwas kleineren Schwanz des *Franzosen* ausgefüllt. Sie leckte und schmatze hörbar, während er sich in ihren Haaren vergriff und sie somit in Position hielt. Beide Kerle genossen diesen Fick. Ava lief aus, doch es reichte nicht, um zu kommen, und als ob Gordon sie schon seit Jahren so vögelte und wusste, wie sie am besten kam, legte er ihr einen Finger über ihren Kitzler. Er brauchte ihn nicht zu bewegen, seine Stöße in ihr erledigten diesen Job für ihn. Und dass er richtiglag, zeigte Ava ihm durch ihr immer lauter werdendes Stöhnen. Er begann, heftiger in sie zu stoßen, und sie schrie jedes Mal laut auf, wenn er an die Grenzen ihrer Vagina stieß. Gordon verschob sie auf so herrliche Art und Weise, dass sie dort auf dem Tisch fast wahnsinnig wurde. Der *Franzose* kam als Erster, er zog seinen Schwanz aus ihrem Mund und rieb sich noch ein oder zwei Mal, um ihr dann ins Gesicht zu spritzen. Ava keuchte und leckte den Saft, der bitter schmeckte und den er sie nicht schlucken lassen wollte von ihren Lippen. Dieses Bild brachte wiederum Gordon hinter ihr um den Verstand, und er fuhr wie ein Wahnsinniger in sie, bevor er mit lautem Brüllen ebenfalls kam. Er verteilte seinen Saft zwischen ihren Pobacken, und als finales Bonbon steckte er ihr zwei Finger in die Rosette, während er an ihrem Kitzler nicht untätig blieb. Ava riss die Augen auf, und Brandon griff ihr nun seinerseits in die Haare, zerrte daran, bis sie ihren Kopf in den Nacken legen musste und ihn ansah. „Na … du kleine Fickschlampe?" Er lachte abfällig. „Das hättest du dir nicht träumen lassen, nicht wahr?" In diesem Moment schrie Ava ihre Geilheit in einem gewaltigen Orgasmus heraus, während Gordon hinter ihr lachend mit seinen Fingern immer wieder hart in ihren Hintern stieß. Avas Hände waren an ihrer Spalte angekommen. In ihrem Kopf dröhnte der Kater, und ihr Magen wollte rebellieren, aber sie massierte ihren Kitzler bei dem Gedanken an ihr Traumspiel weiter, und sie spreizte ihre Beine so weit, dass es fast weh tat. Sie schob sich vier Finger

in ihre überlaufende und heiße Scheide und dehnte sich vorsichtig selbst.
Die andere Hand verließ ihren Kitzler
nicht, ab und an kniff sie sich selbst,
und der Schmerz brachte sie der süßen
Erlösung immer näher. Sie fickte sich
mit ihrer Hand, und ihr Stöhnen
klang durch den Raum. In ihrem Kopf
begann es gleichmäßig zu klopfen, die
Tabletten kämpften gegen den stei-
genden Blutdruck an, und sie wusste,
dass sie nicht mehr lange brauchen
würde, um zu kommen. Noch einmal
stellte sie sich Gordons Schwanz vor,
wie dieser ihn in ihr versenkte. Sie
verstärkte den Druck auf ihren Kitzler
und kam. Langsam, aber mit aller
Gewalt entlud sich ihre Lust in einem
lauten, rauen Stöhnen und heftigen
Kontraktionen ihrer Scheide ... Ruhig
kam sie wieder zu sich, streckte ihre
Beine aus, zog die Decke über ihren
Körper und schloss die Augen. Immer
wieder stahl sich Gordon in ihre Phan-
tasien. Sie würde es so gern einmal
wirklich erleben; er in ihr. Wie er sie
fickte, wie er sie mit Seilen und Fesseln zum Wahnsinn trieb. Wie er sie
mit dem Rohrstock behandelte und so
ihre Schmerzen in Lust verwandelte.
Sie wollte es so gerne spüren und erleben. Aber es fehlte ihr schlicht der
Mut dazu. Es fehlte ihr der Mut, den
letzten Schritt zu wagen und sich ihm

hinzugeben. Auch nach seinem Geständnis der letzten Nacht wollte sie sich nicht eingestehen, dass sie es konnte und dass sie es sich endlich erlauben könne, ihn zu genießen. Sie konnte es einfach nicht. Ihr Kopf hatte aufgehört zu pochen, und sie schlief traurig, aber befriedigt ein.

12

Gordon Sumner hatte keinen Kater, aber sein Schädel brummte trotzdem. Was hatte sich dieser Idiot von Brandon dabei gedacht, ihn so auflaufen zu lassen? Auch Gordon hatte eine unbequeme und kurze Nacht hinter sich gebracht, und nun war er auf dem Weg mit seinen Jungs durch die Wiesen und Weiden in der Umgebung der Stadt. Er brauchte eine große Portion frischer und klarer Luft. Der gestrige Abend war vollkommen aus dem Ruder gelaufen. Von seiner Schnüffelei bis hin zu Brandons ominösem neuem Projekt war einfach der Wurm drin gewesen. Es hätte einer dieser Abende werden sollen, die einfach nur nett waren. Ein wenig gutes Essen, ein oder zwei Gläser guten Weines und ein paar nette Gespräche. Es wäre ein hervorragender Abschluss einer anstrengenden Woche gewesen. Sicher wäre, auch das eine oder andere Talent zu entdecken, gewesen. Aber nein, dieser Abend musste ja in einer Katastrophe enden. Als er sah, wie Brandon Ava begann zu begrabschen, musste Gordon seine Hände tief in die Hosentaschen stecken, sonst wäre er seinem langjährigen Freund an die Gurgel gegangen. Brandon wusste doch, was er, Gordon, für Ava empfand. Warum tat der das? Und Avas Blicke? Er konnte sie nicht deuten. Es gelang ihm einfach nicht, und so hatte er sich so bald als möglich aus dem Staub gemacht. Zuerst hatte er sich entgegen seiner üblichen Taktik in den Hintergrund zurückgezogen. Doch auch hier hielt er es nicht lange aus. Schon gar nicht mehr nach der Ankündigung des *Franzosen*. Nachdem sich die Aufmerksamkeit der Gäste gelegt hatte, zog Sumner es vor, sich wirklich aus dem Staub zu machen. Ava tat ihm leid, aber er hatte heute Abend nicht die Nerven, sie vor den Neugierigen zu beschützen. Gordon Sumner gab sich wegen einer Frau geschlagen und trat die Flucht an. In seiner persönlichen Statistik war so etwas bis heute noch nicht vorgekommen. Stundenlang war er danach durch die Stadt gefahren und hatte sich dann plötzlich in ihrer Straße wiedergefunden. Schicksal? Fügung? Idiotie? Er hatte keine Ahnung, aber er musste etwas tun. Er konnte diesen Abend nicht zu Ende bringen, ohne mit ihr geredet zu haben. Sie musste doch langsam, aber sicher mitbekommen haben, wie es um ihn stand. Ava konnte doch nicht tatsächlich glauben, dass es ihm nur darum ging, sie zu vögeln? Gut, er hätte sich auch treffender im Wagen ausdrücken können. Eins zu null gegen ihn. Aber er war von der Schönheit dieser beiden Bilder, von Avas Gabe, sich hinzugeben, so überwältigt, dass es ihm schlicht die Fähigkeit geraubt hatte, sich klar auszudrücken. Genau das wollte er mit ihr tun. Sie lieben, sie zu Höhen führen, sie in den Wahnsinn treiben, um sie dann sacht und mit Liebe aufzufangen. Sie zu halten, wenn sie wieder landete. Aber dem nicht genug. Er wollte mit dieser Frau nicht nur das Büro teilen. Sie sollte Teil seines Lebens sein. Mit Haut und Haaren. Warum verstand sie das nicht? Warum hatte sie solche Angst, er würde sie nach dem ersten Sex vor die Tür setzen? Er hatte in seinem Wagen gesessen und diese SMS geschrieben. Für ihn, der jeden PC durch bloße Anwesenheit zum Absturz brachte und der nur mit Avas Hilfe eine gewisse technische Versiertheit erreicht hatte, schon eine Meisterleistung, die gewürdigt werden wollte. Und sie hatte ihm tatsächlich geantwortet. Er war nicht schlau aus ihrem Gespräch geworden, und das hatte ihm den Schlaf geraubt. Irgendwann hatte er es nicht mehr ausgehalten, sich die Hunde geschnappt, und nun stapfte er seit zwei Stunden durch die britische Wildnis Die Meute war außer Sicht, aber sie würden wiederkommen und um diese Zeit war noch keiner dieser beflissenen Hundehalter unterwegs, die einem wirklich die letzte Freude an einsamen Spaziergängen mit ihren neunmalklugen Pöbeleien nehmen konnten, unterwegs. Trotzdem war seine Laune auf dem Tiefpunkt. Je länger er über diese Frau nachdachte, desto schlechter wurde sie. War es wirklich nur dieser eine Punkt, der ihr Sorgen machte? Das Ende einer Beziehung, die noch nicht einmal angefangen hatte? Wenn dem so war, und davon ging er nach dieser durchwachten Nacht aus, dann würde er sich etwas Besonderes einfallen lassen müssen. Er blieb stehen und sah in die Ferne, seine Hände baumelten über den hochgewachsenen Gräsern, und er strich sanft über die zarten Spitzen. Das Eigenartige an dieser Geschichte, die noch keine war, bestand darin: Sie nahm mittlerweile sein gesamtes Denken ein. Bis vor kurzem hatte er noch gedacht, dass seine Bemühungen, Ava zu überzeugen, mehr ein Hobby denn eine ernsthafte Beschäftigung mit dem Zweck, eine gemeinsame Zukunft zu planen, war. Gordon fragte sich nun schon zum hundertsten Mal, wie es dazu gekommen war, dass er sich so auf sie fixiert hatte. Irgendwie hatte er den Punkt, an dem es sich vom amüsanten Zeitvertreib, sie zu necken, in ein ernstes Bedürfnis, sie zu lieben, verwandelt hatte, verpasst. Er war fassungslos. Nie hätte er daran gedacht, dass ihm so etwas noch passieren konnte. Hier und jetzt nahm ihm der Gedanke, dass sie nicht bei ihm war, den Atem. Plötzlich lächelte er. Sie hatten die gleichen Vorlieben, da sollte sich doch etwas machen lassen. Und in der Tat, je weiter er ging, desto mehr nahm die Idee, die ihm gekommen war, Gestalt an. In Cannes, wenn sie nicht damit rechnete, würde er zuschlagen. Er lächelte bei diesem Wortspiel.

13

Ein seltsames Wochenende lag hinter Ava. Ständig hatte sie ein flaues Gefühl in ihrer Magengegend, von dem sie wusste, dass es spätestens am Samstagabend nicht mehr von ihrem

Kater herrühren konnte. Sie versuchte, sich mit alltäglichen Dingen von dem Gedanken an ihre bevorstehende Hinrichtung abzulenken. Mit wenig Erfolg, wie sie sich selbst eingestand. Es war zum Auswachsen. Nichts half dabei, sich von diesem unguten Gefühl abzubringen. Irgendwann gab sie es auf und fügte sich in ihr vermeintliches Schicksal. Der Montag würde schon noch früh genug kommen, also hörte sie auf, sich den Kopf darüber zu zerbrechen. Gordons Ankunft im Büro wurde für gewöhnlich mit dem Hereinstürmen seiner Jungs angekündigt, die wie eine wild gewordene Horde durch die Agentur stürmten, um sich ihre am Wochenende entgangene Ration an Leckereien bei den Angestellten abzuholen. Die Runde der Hunde endete meist vor Avas Schreibtisch und somit mit einem letzten Happen, bevor sie sich auf ihre Plätze in Gordons Büro zurückzogen. Dieser Montagmorgen sollte zumindest in diesem Teil genauso ablaufen wie alle anderen Montage davor. Nachdem die Hunde sich ihren Platz gesucht hatten, erschien auch Gordon. Er grüßte in die Runde, blieb in der Tür zu ihrem Büro stehen und musterte Ava kurz. Diese sah nur kurz auf und lächelte ihn schwach an, dann wandte sie sich wieder ihrer Arbeit zu. Normalität war das Stichwort nach diesem Wochenende. Einfach so tun als ob. Gordon räusperte sich und ging an ihr vorbei in sein Büro. Entgegen seiner sonstigen Angewohnheit, die Tür geöffnet zu lassen, schloss er sie diesmal hinter sich. Ava zog eine Grimasse: keine Normalität. Kurz nachdem Ava hier in der Agentur ihre Tätigkeit aufnahm, hatte sie auf jedem PC ein internes Nachrichtensystem installieren lassen, damit die Angestellten untereinander kommunizieren konnten, ohne dass die Telefone dauernd belegt waren. Eine nützliche Einrichtung, wie sich bald herausstellte. Zum einen wurde diese Funktion für private Gespräche genutzt, somit der Geräuschpegel um ein Vielfaches reduziert, und zum anderen waren die Telefonleitungen nun wirklich für die Kunden frei. Ava tippte gerade ihre Liste für die notwendigen Tätigkeiten zur Vorbereitung der Reise nach Cannes ein, als sich auf ihrem PC eines dieser Kommunikationsfenster öffnete. Gordon nutzte diese Einrichtung selten, aber heute Morgen schien er es für nötig zu halten. Sie sah auf das Fenster, und es lief ihr eiskalt den Rücken herunter. Sie schluckte schwer, nahm ihren Block, erhob sich und ging zur Tür. Dort zupfte sie an ihrer Kleidung, prüfte den Sitz, und ging hinein. „Setz dich. Bitte." Er hatte nicht von dem aufgesehen, woran er gerade gearbeitet hatte. Ava lief mit elegantem Schwung um die einzelnen Stapel mit Manuskripten, achtete auf die Hunde und nahm auf dem großen Sessel vor seinem Schreibtisch Platz. Sie wagte es nicht, sich bequem hinzusetzen, und so blieb sie auf der vorderen Kante sitzen, überschlug ein Bein und legte ihren Block darauf ab. Gordon stützte sein Kinn auf die Hand, las noch ein paar Zeilen in dem Manuskript, das vor ihm auf dem Tisch lag, und klappte dieses dann entnervt zu. Er reichte Ava das Manuskript mit der Aufforderung „ablehnen", sie griff danach, vermerkte etwas auf ihrem Block und wartete wieder. Gordon lehnte sich in seinem Sessel zurück und betrachtete Ava ausgiebig. Wieder hatte er das Kinn auf die Hand gestützt, und mit einem Finger spielte er an seiner Oberlippe. Ava lief es heiß und kalt den Rücken hinunter, und sie fühlte sich dementsprechend unwohl. Tausend Gedanken rasten ihr durch den Kopf, und sie rutschte mit ihrem Hintern unruhig auf ihrer Sesselkante hin und her. „Wie weit bist du mit den Vorbereitungen für Cannes?" Seine Frage zerriss die Stille, die wie ein schweres Tuch über diesem Raum gelegen hatte. Ava richtete sich auf und begann, in ihrem Block zu blättern. „Ich habe mit dem Makler vereinbart, dass er dein Haus am Freitag bezugsfertig hat. Bis dahin müsste der Pool repariert sein, die Putzkolonne durch das Haus gescheucht und die Vorräte aufgefüllt sein." Sie legte den Kopf zur Seite und blätterte weiter: „Die Flüge sind für Samstag zwölf Uhr von Heathrow gebucht … Du hast heute Nachmittag einen Termin zur letzten Anprobe beim Schneider." Hier stöhnte Gordon ausgiebig. „Muss das sein?", fragte er mit gequältem Unterton, und Ava nickte. „Du sitzt dieses Jahr in der Jury, da kannst du nicht im Cord-Blazer auftauchen." Als hätte Gordon einen Fauxpas begangen, zog sie die linke Augenbraue hoch und sah ihn kurz strafend an. „Na ja, wenn es sein muss. Weiter." Dass sie ihm den nächsten Termin vorlesen musste, verursachte ihr kurz einen Anfall von Übelkeit, sie holte tief Luft und las vor. „Der *Franzose* kommt um zwölf, wegen … " Gordon winkte energisch ab. „Canceln, den knöpf ich mir heute Abend vor, weiter …" Ava fuhr sich nervös mit der Hand über den Nacken, aber gut, wenn Gordon dies so wollte. „Bei der Terminliste für die Filmvorstellungen warte ich noch auf die Bestätigung durch die Festivalleitung, der Termin für die Vorstellung der

Juryteilnehmer ist am Donnerstag- vormittag, wie viel Zeit danach für Interviews bleibt, weiß ich noch nicht …“ Wieder legte sie den Kopf schief und blätterte zwischen ihren Seiten hin und her. Gordon beobachtete ihre Gesten genau, so als wolle er sich die kleinste Kleinigkeit einprägen. „Die Jungs?“ Nun sah Ava auf. „Nein, die bleiben dieses Mal hier.“ Gordon schüttelte den Kopf, lächelte aber, weil die Hunde bei ihrem Namen alle den Kopf hoben und sich auch alle gleich- zeitig wieder hinlegten, als sie merk- ten, dass sie nicht wirklich gemeint waren. „Dann ruf ich Judy gleich an?“ Gordon nickte, und Ava klappte ihren Block zu. „Das wäre es so weit.“ Sie vermied es, ihm in die Augen zu se- hen, und wieder richtete sie ihren Rock. „Sag bitte alle Termine ab, die in dieser Woche noch anstehen, ich bin …“, er sah auf seine Armbanduhr, „in zehn Minuten weg. Wenn etwas ist, kannst du mich übers Handy errei- chen.“ Nun musste Ava ihn ansehen. Ihr fragender Blick schien ihn nicht zu kümmern, denn er wollte nicht weiter auf das Thema eingehen. Sie nickte. „Da du ja dieses Jahr das Vergnügen hast, Cannes live zu erleben, hol ich dich Samstagmorgen um zehn ab.“ Er sah sie nicht an, während er sprach. „Nimm die Firmenkarte, wenn du noch irgendwas brauchst …" Ava war total verwirrt. Aber wieder nickte sie nur. „Ich drehe noch eine Runde durchs Büro und bin dann weg." Er hatte kaum fertig gesprochen, da hatte er auch schon die Türklinke seines Büros in der Hand und war verschwunden. Ava versuchte, ihre Gedanken zu sortieren. So unpersönlich war er noch nie mit ihr umgegangen. Nichts konnte darauf hindeuten, dass sie innerlich zusammensank. Sie saß immer noch aufrecht auf der Sesselkante, und ihr Blick ging in die Ferne. *Das war es also.* So würde es sein, wenn er ihrer überdrüssig geworden wäre. Nun hatte sie eine ungefähre Ahnung von dem, wie es sein würde. Ruckartig stand sie auf und ging an ihren Schreibtisch. Der Block landete etwas heftiger darauf, als er sollte, und sie ließ sich auf ihren Stuhl fallen, den sie dann zum Fenster hindrehte. Ganz hinten in ihrem Hirn sagte ihr eine kleine Stimme, dass sie recht gehabt hatte, sich nicht mit ihm einzulassen. Aber beruhigen konnte sie diese kleine Stimme nicht. Sie hörte, wie Gordon einen spitzen Pfiff ausstieß und die Hunde wie von der Tarantel gestochen diesem Pfiff folgten. Er kam nicht mehr zurück, um sich zu verabschieden. „Das hast du nun davon, dumme Kuh", dachte sie, „es ist nichts

passiert, und trotzdem bestraft er dich
…" Ava schluckte und versuchte sich
selbst davon zu überzeugen, dass hier
keine Tränen angesagt waren. Höchs-
tens Ohrfeigen.

14

Gordon saß in seinem Wagen, der
in der Garage im unteren Bereich des
Bürokomplexes stand. Er beobachtete
gedankenverloren, wie sich die Hunde
im Kofferraum ihren Platz suchten
und langsam zur Ruhe kamen. Für
einen Moment beneidete er die Tiere
darum. Ruhe. Ruhe finden und sich
irgendwo hinlegen und Ruhe empfin-
den. Angespannt fuhr er sich mit seiner Hand über die Augen. Hier sitzen
und grübeln brachte nicht viel. Also
startete er den Wagen und fuhr hinaus. Das Tageslicht blendete ihn kurz,
er setzte den Blinker und reihte sich
in den Verkehr ein. Eine Viertelstunde
später, so hoffte er, würde er den Wagen vor seinem Haus abstellen und
sich in seinem Büro verkriechen können. Doch der Londoner Verkehr
machte ihm wie immer einen Strich
durch die Rechnung. Für gewöhnlich
ärgerte er sich darüber, heute jedoch
empfand er es als Wohltat, hier allein
zu sitzen und nachdenken zu können.

Die Straßen waren überfüllt, und so wurde es ihm nicht langweilig. Menschen beobachten war schließlich sein Job. Manchmal auch sein Hobby, wenn er sich nichts davon zu erhoffen brauchte. Keine kleinen Zettel mit Telefonnummern in den Taschen, keine Gesichter, die er sich am nächsten Morgen zurück ins Gedächtnis rufen musste. Einfach nur die Menschen in seiner Umgebung ansehen und genießen. Er kam selten genug dazu, immer spielten ihm sein Job und seine Passion in diese Betrachtungen hinein. Der Verkehr kam nur schleppend voran. Ein paarmal piepste sein Handy, und eine SMS von Ava erreichte ihn, die ihm den Status der To-do-Liste durchgab. Das Radio spielte leise vor sich hin, und er begann, die Einsamkeit im Trubel der Stadt zu mögen. Ob Ava ahnte, dass er heute vor ihr geflüchtet war? Ob sie eine Vorstellung davon hatte, wie reizend sie heute Morgen ausgesehen hatte? Er war sich sicher, dass sie genau das Gegenteil mit ihrer Kleiderwahl beabsichtigt hatte. Aber das schwarze, hochgeschlossene T-Shirt und die Hochsteckfrisur lockten in ihm Wünsche hervor, die er an diesem Montag lieber nicht gehabt hätte. Der schwarze, glockenartige, kurze Rock in Kombination mit hohen Schuhen. Gordon seufzte ausgiebig, und einer seiner Hunde hob den Kopf, um nachzusehen, was sein Herrchen wohl so beschäftigte. „Ihr habt es einfacher", sagte Gordon mit einem Blick in den Rückspiegel. Der Hund nieste daraufhin wie zur Bestätigung und legte sich wieder hin. „Viecher." Gordon grinste. Ava. Wieder seufzte er tief. Dieses Weib machte ihn irre. Nach seinem gestrigen Spaziergang hatte er sich an seinen Schreibtisch gesetzt und einen Schlachtplan entworfen. Spät in der Nacht hatte er den Stift zur Seite gelegt und sich sein Werk betrachtet. Zufrieden betrachtet. Wenn er ihr das hier vorlegen würde, dann gäbe es für sie kein Zurück. Gesetzt den Fall: Sie würde es akzeptieren. Aber mit dem, was er niedergeschrieben hatte, blieb ihr gar nichts anderes übrig. Er hatte alle Eventualitäten in dieses Schreiben eingearbeitet. Es gab kein Schlupfloch. Weder für ihn noch für sie. Er war zufrieden mit dem, was er ausgearbeitet hatte. Gordon schob den Block beiseite und lehnte sich zurück. Gleich am Samstag würde er mit ihr reden. Sonne, das Flair von Cannes, das Meer vor der Tür, all dies würde dafür sorgen, dass sie nicht anders konnte. Genauso würde er es durchziehen. Er erreichte über diese Überlegungen sein Haus. Die Hunde stürmten durch den Eingangsflur direkt in den Garten und suchten sich schattige Plätzchen unter den alten Sträuchern. Er selbst ging hinauf in sein Büro und nahm an seinem Schreibtisch Platz. Der PC lief bereits, er las seine Mails, die Ava ihm aus dem Büro mit Kommentaren versehen weitergeleitet hatte, und beantwortete diese. Seine Hausdame betrat den Raum mit einem Tablett in der Hand. „Ich habe Ihnen einen Tee und einen kleinen Snack gemacht." Die alte Dame lächelte ihn gütig an. „Danke, Bertha." Er sah kurz auf und lächelte sie ebenfalls an. „Gehen Sie heute nicht mehr ins Büro?" Sie räumte ein paar Zeitschriften beiseite und sah ihn prüfend von der Seite an. „Nein, ich werde auch die ganze Woche von zu Hause arbeiten." Sie nickte. „Dann werde ich alles dafür vorbereiten." Bertha verließ ihn und schloss die Tür hinter sich. Gordon schenkte sich Tee ein, und während er dies tat, kam eine neue Nachricht von Ava herein. Sie musste also noch im Büro sein. Das sollte sich doch nutzen lassen. Er startete den Messenger und wartete auf die Bestätigung der Verbindung. Gordon öffnete ein Fenster und grinste schräg. Den Nicknamen hatte ihm Ava verpasst, wobei er für ihren verantwortlich war. Sie konnte ein hervorragender Abfangjäger vor seiner Tür sein. An Ava kam keiner vorbei, wenn sie es nicht wollte. Er nahm noch einen Schluck Tee und begann dann zu tippen.

BigBoss: Bist du noch da?

Es dauerte etwas, bis die Antwort kam.

Interceptor: Ja … natürlich …

BigBoss: Gut.

Seine Hände begannen zu schwitzen, denn das, was er nun tun wollte, würde nicht nur ihr die Schamesröte ins Gesicht treiben, aber er musste vorsichtig vorgehen.

BigBoss: Du weißt, warum ich verschwunden bin?

Interceptor:?

BigBoss: Weil ich dich sonst flachgelegt hätte …

Er grinste schräg. Nun gut … vorsichtig ging definitiv anders. Und wieder dauerte es etwas, bis er eine Antwort erhielt, und er konnte sich gut vorstellen, wie Ava dort vor ihrem PC saß und grübelte.

Interceptor: Das glaube ich dir nicht.

BigBoss: So?

Interceptor: Ja, ich glaube eher, dass das heute Morgen genau das war, was mich erwarten würde, wenn ich mich mit dir einlassen würde ... und was passiert, wenn du mich nicht mehr willst ...

Interceptor: Kälte ...

Gordon verdrehte die Augen. Warum verdrehte dieses Weib eigentlich immer alles?

BigBoss: Du spinnst.

BigBoss: Hast du eigentlich eine Vorstellung davon, wie sehr mich das angemacht hat? Du hättest dir auch wirklich was Besseres anziehen können als dieses geile Schulmädchenoutfit.

Interceptor: Du spinnst. Prüder ging es ja wohl nicht.

Gordon stellte sich Ava vor, wie sie entsetzt auf den Bildschirm starrte.

BigBoss: Das denkst du ...

BigBoss: Ich werde schon verrückt, wenn ich sehe, wie sich dein T-Shirt über deine Brust legt ...

BigBoss: ..., wenn ich sehe, wie sich

diese zwei kleinen Strähnen in deinem Nacken kräuseln ...

BigBoss: ..., wenn du dann vor mir stehst und genau diesen Rock anhast ...

BigBoss: ... würde ich dich am liebsten sofort über den Stuhl legen und dich von hinten vögeln. DAS nennst du prüde?

Wieder entstand eine kleine Pause und Gordon biss herzhaft in seinen Snack. „Wollen doch mal sehen, ob wir das kleine Miststück nicht mindestens so feucht bekommen, wie mein Schwanz steif ist", sagte er leise in den Raum hinein.

Interceptor: Oh ...

Interceptor: Das wusste ich nicht ...

Gordon lachte. „Ich bin mir sogar ziemlich sicher, dass du das nicht wusstest", bestätigte er ihr halblaut.

BigBoss: Allerdings könntest du auch in einem Kartoffelsack vor mir stehen, und ich würde dir meinen Steifen hinhalten ...

BigBoss: ... der Sack würde es mir einfacher machen, dir die Klamotten vom Leib zu reißen.

BigBoss: Ava … warum machst du es mir so schwer?

BigBoss: Du kennst mich doch …

BigBoss: … und weißt, dass ich es eigentlich anders meine, als ich es sagen kann …

BigBoss: … ich will dich …

Er gab ihr keine Möglichkeit, eine Antwort zu schicken. Er tippte einfach immer weiter.

BigBoss: … und das nicht nur fürs Bett.

BigBoss: Ich will dich hier haben, hier bei mir.

BigBoss: Ich kann und will nicht sagen, für immer und ewig …

BigBoss: … aber für eine verdammt lange Zeit.

BigBoss: Ich will dich glücklich machen.

BigBoss: Warum traust du mir das nicht zu?

BigBoss: … ich könnte das …, wenn du mich nur lässt.

BigBoss: Ava …

BigBoss: Bitte ...

Es war anstrengend, sich so zu unterhalten, denn mit seinen großen Fingern die richtige Taste zu treffen, war eine echte Herausforderung für ihn, und er lehnte sich schwitzend zurück. Lange blieb der Bildschirm vor ihm leer. Und als endlich eine Antwort von ihr kam, schlug ihm das Herz bis zum Hals.

Interceptor: Ich kann nicht ...

Interceptor: Ich habe schlicht Angst.

BigBoss: ... wovor?

Interceptor: ... vor dir.

BigBoss:?

Interceptor: ... und vor dem danach ...

Gordon schloss für einen Moment frustriert die Augen.

BigBoss: Du bist der einzige Mensch, den ich kenne, der an ein Ende denkt, bevor etwas angefangen hat. Das ist dir klar ... oder?

Interceptor: ...

BigBoss: Das hilft dir jetzt auch

nicht.

BigBoss: Du weißt, dass ich selten um etwas bitte ... noch seltener um etwas bettle ...

BigBoss: ... und deshalb muss ich dir jetzt diese Frage stellen.

Gordon holte einmal tief Luft, damit er Anlauf nehmen konnte, diese Frage zu stellen.

BigBoss: Willst du mich überhaupt?

Bange Sekunden folgten, und er hielt den Atem an. Ein schweres Unterfangen, denn er war mehr als nur erregt.

Interceptor: ... nicht so.

BigBoss: Du weichst mir aus.

BigBoss: Also noch mal ...

BigBoss: Willst du mich überhaupt?

Wieder dauerte es unendlich lange Sekunden, bis die Antwort kam, und Gordon rutschte nervös auf seinem Sessel herum. Wenn dieses Gespräch beendet wäre, würde er mehr als nur kalt duschen müssen. So viel war klar.

Interceptor: Ja ...

Interceptor: ... aber eben nicht so ...

BigBoss: Das soll einer verstehen.

BigBoss: Ich denke, seitdem ich dich kenne, an nichts anderes mehr als daran, dich halten zu wollen, mit dir zu schlafen, dich in den Wahnsinn zu treiben, genauso wie du es mit mir tust. Dich glücklich zu machen ...

BigBoss: Ich brauch dich bloß anzusehen und stehe kurz davor durchzudrehen. ...

BigBoss: Die wildesten Träume kommen mir, wenn ich an dich denke.

BigBoss: Ich will dich riechen, dich schmecken, meine Hände wollen nichts anderes, als dich streicheln, dich zwicken ...

BigBoss: Ich will dich lecken ...

BigBoss: ... küssen ...

BigBoss: ... meinen Schwanz in dir versenken ... in allem, was du zu bieten hast ...

BigBoss: ... ich will mit dir einschlafen, mit dir aufwachen ...

BigBoss ... und das Einzige, was dir einfällt, ist: Ja ... aber nicht so?

BigBoss: Wie dann?

Erschöpft lehnte er sich zurück. Langsam wurde es in seiner Hose unbequem. Gordon stützte sein Kinn auf seine Hand und spielte mit seiner Oberlippe, so wie er es immer tat, wenn er nachdachte.

Interceptor: ... du bist unfair ...

Interceptor: ... ich muss hier noch zwei Stunden hocken ...

Gordon lachte.

BigBoss: Dann geh in mein Büro ... häng das Schild an die Tür ... geh zu meinem Schreibtisch ... und mach es dir auf meinem Stuhl selbst ...

Interceptor: ... fick dich ...

BigBoss: ... ja, werde ich tun, sobald dieses Gespräch hier beendet ist, und ich kann dir versprechen, dass du die Hauptperson dabei sein wirst.

Oh ja, genau das würde er tun. Die gute Bertha wäre in ihrer Küche so beschäftigt, dass er keinerlei Störungen zu befürchten hätte. Und er würde seiner Fantasie freien Lauf lassen. Und irgendwann, so schwor er sich in diesem Moment, würde er alles, was er sich je erträumt hatte, mit Ava ausprobieren.

BigBoss: Dann lass uns die Sache doch mal rein theoretisch angehen. ...

Interceptor:?

BigBoss: ... Wenn ich nicht dein Chef wäre ...

BigBoss: ... würdest du dann?

Interceptor: ... ja ...

BigBoss: ... gut ...

BigBoss: ... also liegt es an: Falschem Ort, falscher Zeit und falschen Umständen?

Interceptor: ... ja ...

Gordon nickte. Sie hatte ihm gerade bestätigt, was er schon seit ein paar Tagen vermutet hatte.

BigBoss: Na dann ...

BigBoss: Süße ...

BigBoss: Du bist gefeuert ...

Er legte eine kurze Pause ein, dann tippte er weiter.

BigBoss: ... und nun beweg deinen Arsch hierher, damit ich nicht schon wieder ne Trockenübung machen muss.

Interceptor: Das war jetzt nicht dein Ernst?

BigBoss: Was …? Dass du deinen Arsch hierher bewegen sollst?

BigBoss: … doch.

Interceptor: Idiot, das mit der Kündigung …

BigBoss: Ava … verlierst du jetzt auch noch deinen Humor?

Interceptor: Scheint so …

BigBoss: Nein … es war nicht mein Ernst.

BigBoss: … aber es scheint, dass wir unbedingt eine Lösung finden müssen, damit ich keine Schwielen an den Händen bekomme.

Interceptor: … und wie soll diese Lösung aussehen?

BigBoss: Ich hab da schon eine Idee …

Interceptor:?

BigBoss: … von wegen, da wirst du noch warten müssen.

BigBoss: … und jetzt tu gefälligst was für dein Geld …

Er war unschlüssig, ob er dieses Gespräch mit diesem „Scherz" abschließen sollte. Schließlich war schon einer seiner Witze in die Hose gegangen.

BigBoss: Ava …

Interceptor:?

BigBoss: … auch wenn du es mir nicht glaubst …

BigBoss: … ich liebe dich …

Danach ging er off und lehnte sich zurück. Ja, es stimmte. Er liebte sie. Warum sollte er die Wahrheit verleugnen? Es war so, und er konnte nichts daran ändern.

15

Ava lehnte sich auf ihrem Bürostuhl zurück und bedeckte die Augen mit den Händen. Das durfte doch nicht wahr sein. Was sollte sie eigentlich noch glauben? Heute Morgen war er so … kalt und unpersönlich, und nun sagte er ihr, dass er sie liebte? Was sollte sie glauben? Sie sah auf die Uhr. Halb sechs. Zeit, sich auf den Heimweg zu machen und vorher noch die Firmenkreditkarte etwas zu strapazieren. Sie hatte alle Termine abgesagt, so wie er es gewollt hatte. Vor dem Telefonat mit dem *Franzosen* hatte sie schon fast Angst gehabt. Was, wenn sie ihn persönlich in der Leitung hätte? Nicht auszudenken. Aber sie hatte Glück, und es war nur seine Assistentin. Alles Weitere würden er und Gordon regeln. Gut so. Sie räumte kurz auf, fuhr ihren PC herunter und ging zu der Kollegin, die sie in solchen Fällen vertrat. Nach einem kurzen Gespräch stand sie im Aufzug und lehnte an der Wand. In den letzten Tagen war sie durch die Hölle gegangen und es schien, als wäre dieser Spaziergang noch nicht vorbei. Sie war nicht unglücklich darüber, dass Gordon sich entschlossen hatte, die Woche über sein Imperium von zu Hause aus zu regieren. Ava war im Gegenteil mehr als froh darüber, ihm aus dem Weg gehen zu können. Die Hitze des Tages schlug ihr entgegen. Für März war es dieses Jahr schon verdammt heiß, und die Hitze staute sich in den staubigen Straßen. Nach kurzer Überlegung schlug sie die Richtung zu ihrer bevorzugten Boutique ein. Die Kreditkarte würde heute nicht nur dampfen, sie würde um Gnade winseln. Ava lächelte. Sie war in Gedanken ihre Garderobe durchgegangen, und es war tatsächlich nichts dabei, womit sie etwas hätte hermachen können. Das Angebot mit der Firmenkarte kam ihr also gerade recht. Allerdings war sie unsicher. Wenn Gordon ihr heutiges Outfit schon als geil bezeichnete, was würde er dann erst sagen, wenn sie in einem Abendkleid vor ihm stand? Es musste also züchtig sein, nicht zu aufregend und unauffällig. Mal sehen, ob sich da etwas machen ließ. Zwei Stunden und eine qualmende Kreditkarte später verließ sie mehr als zufrieden das Geschäft. Die Zeit mit der Verkäuferin hatte sie von ihrem Problem mit Gordon abgelenkt. Sie hoffte inständig, dass er sie den Rest der Woche in Ruhe ließ. Das Gespräch über den Messenger hatte sie erregt, und die Spuren dieser Erregung hatte sie in ihrem Slip wiedergefunden. Gut, dass sie in der Umkleide allein gestanden hatte. Sie brauchte eine Pause, sie brauchte einfach Abstand von ihm.

16

Er hatte es sich selbst besorgt. Und wie. Gordon war hinauf in sein Schlafzimmer gegangen, hatte hinter sich abgeschlossen und seine Jacke auf den Stuhl geworfen. Danach hatte er sich auf seinem Bett langgemacht, für ein paar Minuten die Augen geschlossen und auf die Bilder gewartet, die für gewöhnlich sofort kamen, wenn er dies tat. Und sie ließen ihn nicht im Stich. Ava stand nackt vor ihm, und sein Kumpel in der Hose reagierte sofort. Er war während des Gespräches über den Messenger schon die ganze Zeit auf Habtachtstellung gewesen. Nun befreite Gordon ihn aus seinem Gefängnis und begrüßte ihn lächelnd. Wenn Ava diesen Schwanz das erste Mal sehen würde, würde ihr glatt die Luft wegbleiben. Gordon war mehr als großzügig ausgestattet. Sein Penis war groß, dick und fleischig. Schon im Ruhezustand war er von beeindruckender Größe, und er hatte Frauen in seinem Bett gehabt, die es nicht schafften, seinen Phallus aufzunehmen, wenn er sich zu voller Härte aufgestellt hatte. Er stellte sich Ava vor, wie sie vor ihm stand und wie er sie mit einem Bondage gefesselt hatte. Ihre Brüste wurden angehoben, und ihre Arme lagen auf dem Rücken fixiert. Eine Spreizstange, die er an ihren Fußfesseln angelegt hatte, verhinderte, dass sie die Beine schließen konnte. Ein Knebel im Mund und eine lederne Augenbinde vollendeten sein Werk. Er keuchte bei dieser Vorstellung und rieb seinen Schwanz. Ava hatte den Kopf in den Nacken gelegt und gab sich in seiner Vorstellung ganz seinen Zärtlichkeiten hin. Nun, Zärtlichkeiten würden es andere vielleicht nicht nennen. In seinem Traum stand er neben ihr und hatte seine Hand um ihre Hüfte gelegt, um sie zu stützen, und streichelte mit einem Rohrstock ihre Pobacken. Er trat einen Schritt auf sie zu, und sie beugte sich willig über seinen Arm, dann schlug er zu. Sie schrie, und dieser Schrei spornte ihn dazu an, gleich noch einmal auf genau dieselbe Stelle zu schlagen. Das Klatschen des Stockes auf ihrer samtweichen Haut war kaum verklungen, und es mischte sich mit ihrem Jammern, da verbarg sie ihr Gesicht in seinem Arm, und die Hand, die sie gerade noch hielt, suchte sich den Weg zwischen ihre Schamlippen, um den Schmerz auf ihrem Hintern in Lust zu verwandeln. Es funktionierte, und Avas raues Stöhnen ließ ihn zärtlich lächeln. Wieder traf der Stock ihren Hintern, und die Striemen, die er darauf hinterließ, schmückten diesen vollendet geformten Po auf ganz besondere Weise. Der reale Gordon lag auf seinem Bett, und die Vorstellung, es ihr so zu besorgen, trieb die Hand an seinem Schwanz immer weiter voran. Sein Puls beschleunigte sich, und sein eigenes Stöhnen mischte sich mit dem seiner

Fantasie – Ava. Er rieb immer heftiger, denn sein Traum – er war nun ganz hinter sie getreten, hatte seine Hose geöffnet und fallen lassen, um nun hart in seine Gespielin zu stoßen. Ihre feuchte Vagina nahm ihn willig auf, und ihre Muskeln umschlossen seinen Phallus mit einer betörenden Enge. Langsam bewegte er sich in ihr, langsam glitt seine Hand von ihrer Spalte hinauf zu ihrer Vulva, um sie zu massieren. Ava stöhnte und versuchte ihren Hintern besser in Position zu bringen, damit er tiefer in sie fahren konnte. Noch war er nicht ganz in ihr, aber mit jeder Bewegung drang er tiefer in sie. Er spürte an seiner Spitze bereits die Grenzen ihrer Vagina und presste sich, bevor er sich zurückzog, fest daran. Ava seufzte hingebungsvoll. Der Gordon, der auf dem Bett lag, ließ sich nun Zeit. Er griff an seine Eier und massierte diese, und das warme Gefühl, das ihn dabei durchströmte, machte ihn unendlich zufrieden. Er verfolgte sein Traum-Ich bei seinen Bemühungen, Ava den Verstand herauszuficken. Dieser hatte begonnen, während er sie stieß, immer mal wieder einen gut platzierten Klatscher mit seiner Hand auf ihre Pobacke zu geben. Ava wand sich vor ihm, und ihre Bewegungen trieben ihn noch weiter an. Sie presste ihre unbändige

Lust hinter ihrem Knebel hervor, und Gordon vergaß seine Zurückhaltung in ihr. Wie von Sinnen stieß er in sie, und Ava wimmerte lustgeplagt vor sich hin. Sie wimmert vor Schmerz, vor Lust und vor Begierde. Er versenkte seinen riesigen Penis nun ganz in ihr. Bis zur Wurzel verschwand er in ihr und sein Reales Ich, kniff sich selbst in die Hoden, damit er mit seinem Traum mithalten konnte. Der Traum-Gordon kam laut und heftig, und er stieß immer wieder in sie. Ava flehte vor ihm, und als er sich einigermaßen beruhigt hatte, begann er ihren Kitzler heftiger mit seinem Handballen zu bearbeiten. Seinen Schwanz ließ er in ihr. Er wollte spüren, wie sie kam. Ava stöhnte und wand sich auf seinem Penis, ihre mit Striemen übersäten Pobacken rieben sich an seinen Oberschenkeln. Ihr Atem glich der einer Dampfwalze unter Druck, und als sie unter seinen Händen kam, glich es einer Explosion eben jener dieser Dampfwalze. Sie stöhnte, sie schrie und warf ihren Kopf in Ekstase hin und her. Der Traum-Gordon hatte Mühe damit, sich in ihr zu halten. Der reale Gordon folgte den beiden kurz danach. Sein Schwanz stach in die Luft, und als der erste Tropfen seiner Lust sich auf seiner Spitze zeigte, verteilte er diesen unter heftigen Bewegungen. Einen Herzschlag später entlud sich seine Geilheit unter seinen Händen, und seine Säfte landeten unter der lautstarken Begleitmusik seiner Stimmbänder in seinen Händen. Gordon krallte seine Hände in ein Kissen und lag schwer atmend auf seinem Bett. Langsam zog sich sein Kumpel wieder zurück in seine Urformen. Es war ein gewaltiger Orgasmus gewesen, aber etwas fehlte. Er zog das Kissen näher zu sich und vergrub sein Gesicht darin. „Ava", sagte er leise in das Kissen, „verdammtes Miststück Ava." Ein paar Minuten später zollte er der gewaltigen Anstrengung ihren Tribut und schlief ein.

17

Er hatte tief und lange geschlafen. Nun wurde er unsanft durch die Geräusche eines Staubsaugers in Aktion geweckt. Bertha hatte recht, das Ding musste dringend entsorgt und durch ein neues ersetzt werden. Gordon lag auf der Seite und sah zum Fenster hinaus. Die tief stehende Sonne ließ die Baumkronen in seinem Garten gespenstische Schatten werfen, und wenn der Wind darin spielte, tanzten die Äste einen seltsamen Tanz. Er war immer noch vollkommen geschafft von seinem nachmittäglichen Ausflug in seine Fantasiewelt. Der Schlaf hatte nicht die gewünschte Wirkung erzielt und ihn noch mehr ausgelaugt. Sein Kopf dröhnte, und es fühlte sich an, als wäre er in Watte gepackt. Leise stöhnte er vor sich hin. Es half nichts, er würde aufstehen müssen, obwohl er liebend gern den Rest des Tages in diesem Bett verbracht hätte. Gordon sah an sich herunter und grinste schräg, sein Penis lugte noch aus seinem Hosenschlitz hervor. Leider nicht so schlaff, wie er sich dies gewünscht hätte. Er wollte endlich dieser verfluchten Dauererregung entgehen. Wahrscheinlich hatte er wieder von ihr geträumt. Und deshalb lag sein Penis nicht schlaff in seinem Hosenschlitz, sondern hatte sich in eine leichte, erwartungsvolle Spannung begeben. Unpraktisch, wenn er gleich mit dem *Franzosen* ein ernsthaftes Gespräch führen wollte. *Äußerst unpraktisch.* Gordon stöhnte Mal laut auf und erhob sich. Eine kalte Dusche sollte das Problem zumindest für die nächsten Stunden in den Griff bekommen. Er ließ seine Kleidung über den Stuhl fallen und ging ins Bad. Zehn Minuten und einen Orgasmus später kam er heraus und zog sich wieder an. Zeit, hinunterzugehen. Cox würde in den nächsten Minuten hier auftauchen, und Gordon hatte, bis auf ein kleines Thema namens Ava, keine Ahnung, worüber er mit seinem alten Freund reden sollte. Und das war das erste Mal in beinahe zwanzig Jahren Freundschaft. Dieser Gedanke machte ihm zu schaffen, doch noch schaffte er es, sein Unwohlsein zur Seite zu schieben. Er machte es sich kurz in der Küche bequem, um eine Kleinigkeit zu essen, als es bereits an der Tür klingelte und Bertha den Gast in die Bibliothek am Ende des Flures bat. Gordon ließ sich Zeit mit seinem Sandwich.

18

Brandon Cox war gut gelaunt; er hatte sich bereits an der Bar seines Freundes bedient und saß nun in einem der braunen Ledersessel und ließ es sich gut gehen. Nach der telefonischen Absage des Termins heute Mittag hatte er sich einen Schlachtplan überlegt, wie er die beiden Turteltäubchen doch noch zusammenbringen konnte. Ava wusste bereits, dass sie einen wichtigen Teil dabei übernahm, aber warum sie dies tat, wusste sie nicht. *Gut so.* So konnte Cox im Heimlichen agieren und nun den nächsten Schritt in Angriff nehmen. Er sah auf das Schachspiel, das vor ihm auf einem kleinen, runden Tisch stand. Die Figuren darauf standen genauso, wie er und Gordon sie nach dem letzten Spiel verlassen hatten. Kurz sinnierte er darüber, wie lange dieses eine Spiel schon lief. Acht Jahre. Sobald sie sich hier trafen, wurden die Figuren weiterbewegt. Aber das Spiel war nicht wichtig. Ein Ende war nicht abzusehen. Schach war auch nicht die Hauptsache bei diesen Treffen. Geschäftliches, Privates und ab und an mal ein ordentliches Saufgelage unter Freunden. Darum ging es hier. Trotzdem sah er sich die Figuren genauer an und überlegte seinen nächsten Zug, als sich die Tür zur Bibliothek öffnete und Gordon eintrat. „Bist du stolz auf deine Leistung vom Freitag?" Sumner war an dem braunen Sessel, in welchem sein Freund saß, grußlos vorbeigegangen und hatte sich ein Glas Whiskey eingeschenkt. Nun stand er mit dem Rücken zu Cox und nahm einen kräftigen Schluck. Cox lachte leise, antwortete aber nicht. Die Erfahrung mit dem Mann an der Bar hatte ihm gezeigt, dass dieser sich zunächst abreagieren musste, bevor man vernünftig mit ihm reden konnte. Also nippte Cox an seinem Glas und wartete. Gordon wandte sich nun um und sah seinem Freund direkt ins Gesicht, aber Cox konnte dieses Mal nicht darin lesen, was in dem anderen Mann vorging, und diese Tatsache ließ seine Alarmglocken klingeln. „Sie fühlt sich gut an", sagte Cox leise, „das ist es doch, was du wissen willst?" Er nippte an seinem Glas und sah über den Rand hinweg Gordon an. Ein schnippisches Grinsen huschte über Brandons Gesicht, als er sah, dass er mit dem, was er gesagt hatte, genau den Nerv des anderen getroffen hatte. „Verrate mir wenigstens, was diese Aktion sollte." Gordon nahm in einem Sessel Platz, der dem, in welchem sein Freund saß, bis auf die abgeschabten Armlehnen glich. Cox drehte sein Glas in den Händen und antwortete nicht sofort. Stattdessen beugte er sich vor und machte mit seinem Bauern auf dem Schachbrett den nächsten Zug. Dann lehnte er sich zurück, grinste und sagte: „Du bist dran." Cox amü- sierte sich köstlich über die offensicht- liche schlechte Laune seines Gegen- übers. Gordon beugte sich nun seiner- seits vor, nahm seine Königin und leg- te sie auf das Brett. Das Spiel war beendet. In diesem Moment wusste Brandon, dass er zu weit gegangen war. Schach war nicht der Grund für diese Treffen, aber dass Gordon dieses Spiel einfach so beendete, war dann doch außergewöhnlich. Ärgerlich stieß

Cox die Luft aus. Wie konnte sich ein erwachsener Mensch nur so kindisch benehmen? Aber er würde um der Freundschaft willen ihm wohl reinen Wein einschenken müssen. „Das Projekt ist ein Auftrag der *Literarischen Gesellschaft,* die mich darum gebeten hat, Persönlichkeiten zu porträtieren, die der britischen Szene mehr als nur gutgetan haben. Du gehörst da nun mal dazu, auch wenn es dir nicht passt." Cox machte eine Pause, in der er ausgiebig seufzte. Er war schließlich Regisseur, er wusste, wie man sich in Szene setzte, auch wenn er dies für gewöhnlich bei seinen Akteuren tat. In diesem Moment saß einer seiner Akteure vor ihm und war stinksauer. Cox musste handeln. „Deine kleine Freundin, die nicht deine kleine Freundin ist, aber das wissen wir ja", er grinste in sein Glas, „ist so ziemlich das Beste, was dir Idiot in den letzten zwanzig Jahren passiert ist. Da du das nicht begreifen willst, helfe ich nach. Und wenn dies bedeutet, dass ich diese kleine Hexe vögeln werde, damit du begreifst, worum es geht … dann werde ich das tun."

„Wie selbstlos von dir", Gordon schnaubte verächtlich. „Ja, nicht wahr?" Cox nickte übertrieben, als er antwortete: „Finde ich auch. Ich war schon immer zu gut für diese Welt." Er nahm den letzten Schluck aus seinem Glas und erhob sich. „Du brauchst dir für heute nicht nachzuschenken", sagte Gordon leise, jedoch laut genug, dass Cox in seiner Bewegung innehielt. „Findest du nicht, dass du etwas überreagierst?" Brandon hatte sich wieder gesetzt und wartete nun auf eine Antwort. Doch Gordon schüttelte den Kopf. „Du weißt seit Jahren, dass ich auf diese Porträtgeschichten allergisch reagiere", er sah nicht auf, als er sprach, „und du wirst die Finger von ihr lassen. Ich habe mein eigenes System, wie ich ..." Cox nickte spöttisch lächelnd. „So wie in den letzten fünf Jahren ... ja sicher." Er stellte das Glas auf dem Schachbrett ab und ging. Gordon saß noch lange in seinem Sessel und dachte nach. Ja, er hatte sein System. Spät, aber er hatte eines. Und Cox würde ihm nicht hineinpfuschen. Nicht so, auf keinen Fall. Ärgerlich stellte er das Glas ab und ging hinauf in sein Büro.

19

Ava genoss es, dass Gordon nicht im Büro war. Es war immer wieder erstaunlich, wie viel Arbeit erledigt werden konnte, wenn er nicht da war. Sie hatte bereits am Mittwoch ihr Pensum der Woche hinter sich gebracht, inklusive einiger Vorbereitungen für Projekte, die anstanden, wenn sie aus Cannes zurück sein würde. So konnte sie sich in Ruhe den täglichen Dingen widmen und das Chaos im Büro auf ein Minimum reduzieren. Sie dachte auch kaum an ihn. Tagsüber zumindest, wenn sie genug zu tun hatte und abgelenkt war. Am Abend und in der Nacht stahl er sich in ihre Gedanken und Träume. Liebe. Was wusste der Kerl schon von Liebe. Nichts, konstatierte sie. Rein gar nichts. Die Woche flog also so dahin, und bevor Ava sich versah, schloss sie am Freitag das Büro, und Cannes stand dirckt vor ihrer Nase. Sie trödelte auf dem Nachhauseweg, und ohne, dass sie es sich bewusst war, machte sie Umwege. Nur nicht nach Hause. Sie war sich sicher, wenn sie die Haustür aufschließen würde, dann wäre Cannes unvermeidlich. Quasi schon da. Und diesen Moment wollte sie so lang wie möglich hinauszögern. Aber irgendwann stand sie doch vor ihrer Tür und musste sich dem Unvermeidlichen stellen. Sie öffnete und ging hinauf. Ihr Koffer stand bereits gepackt, aber noch nicht geschlossen, im Wohnzimmer. Ava verzichtete auf ein Essen und beschloss noch einige Mails an Freunde zu schreiben. Mit einem Glas Wein bewaffnet hockte sie sich auf die Couch, zog den Laptop auf ihren Schoß und wartete, bis das Gerät bereit war. Mit einer Fernbedienung schuf sie sich musikalische Untermalung für diesen einsamen letzten Abend in ihrem Heim. Kaum war der Laptop betriebsbereit, meldete sich der Messenger. Ava schloss die Augen. Fast. Fast hätte sie es geschafft in dieser Woche, ihm zu entgehen. Aber auch nur fast. Gordon hatte gewartet. Sicher, er wusste, dass alles in Ordnung war. Die Flüge waren gebucht, der Transfer zum Haus ebenso, das Haus war in Ordnung, die Termine vereinbart. Ava hatte alles im Griff, er brauchte sich um nichts Sorgen oder Gedanken zu machen, was das Offizielle in Cannes betraf. Aber er kannte Ava gut genug, dass sie nicht doch plötzlich noch krank oder unpässlich wurde. Er kannte ihre Tricks, sich vor diesen Ausflügen zu drücken, und deshalb hatte er an diesem Abend gewartet. Fast hätte er aufgegeben, aber nur fast. Er wusste, sie würde noch einige private Dinge im Internet erledigen. Also blieb ihm nur, zu warten und zu hoffen, dass sie sich auch anmeldete. Als sie es tat, war er glücklich, so glücklich, dass er vergaß, worüber er mit ihr reden wollte. Sie war da, und das war es, was zählte. Sicher war, dass er zu viel mit ihr vorhatte, als dass er jetzt zulassen konnte, dass sie sich aus dieser Affäre zog, die noch keine war. Ein letztes Gespräch vor ihrem gemeinsamen Flug war genau das, was es jetzt noch brauchte. Doch wie anfangen? Natürlich konnte er sie überfallen und gleich direkt zum Cybersex auffordern. Er lachte leise, als er sich ihren Gesichtsausdruck dabei vorstellte. Nervös tippte er auf der Schreibtischunterlage einen Takt, der ihn nur noch nervöser machte. Entschlossen nahm er die Maus, klickte auf das Fenster im Messenger und beendete die Verbindung. Sicher: Der Drang, wenigstens mit ihr hierüber zu reden, war da. Aber wollte er wirklich riskieren, dass er sie verschreckte? In Cannes würde sie ihm nicht weglaufen können. Und er hoffte, dass sie nicht doch noch unpässlich wurde. Ava nippte an ihrem Wein. Was sollte das denn schon wieder? Aus diesem Mann klug zu werden, würde sie in diesem Leben nicht mehr schaffen. Kaum hatte er gesehen, dass sie sich angemeldet hatte, hatte er sich abgemeldet. Und das von jemandem, der sonst nie auf den Mund gefallen war. Was wollte dieser Gordon Sumner? In ihrem Magen machte sich ein ungutes Gefühl breit. Diese Reise war kein guter Einfall. Im Prinzip war sie eine Schnapsidee, von Anfang an. Ava stellte den Wein zur Seite und begab sich ins Bett. Wenn sie schon in der nächsten Woche dem Grauen in Person gegenüberstehen musste, dann wollte sie wenigstens ausgeschlafen sein. Am anderen Ende der Stadt erhob sich Brandon Cox von seinem Bett. Das Betthäschen, welches sich neben ihm rekelte und anscheinend immer noch Probleme mit ihren neuen Brüsten hatte, gab einen unwirschen Laut von sich. Brandon ignorierte ihren Protest. Das, was die Dame in der letzten halben Stunde abgeliefert hatte, war mehr Schmierentheater denn richtiger Sex gewesen. Während er sich über ihr abmühte, hatte es diese Person doch tatsächlich geschafft, wie eine Opernsängerin zu stöhnen. Ein äußerst abtörnendes Geräusch. Brandon hatte sich redlich Mühe geben müssen, dass sein Penis die Standhaftigkeit behielt, die er brauchte, um wenigstens sich zu befriedigen. Er ging um das gigantische Bett herum und griff nach einem dieser seidenen

Kimonos. Er hasste diese Kimonos. Aber es wurde von ihm erwartet, dass er einen trug. Also tat er es. Künstlerdress, sozusagen. Diese Sanftheit des Stoffes verursachte ihm Übelkeit, und wenn dieser seichte Stoff über seine Haut glitt, dann trieb ihm der Ekel darüber eine Gänsehaut über seinen Körper. Im Moment wartete er darauf, dass diese Gänsehaut verschwand. Und während er wartete, ging er hinüber zum Fenster, stützte sich mit einer Hand ab, um sich mit der anderen ausgiebig und hörbar an seinen Hoden zu kratzen. Seine Wohnung lag in der teuersten Gegend der Stadt. Auch so eine Reminiszenz an seine Position als Godfather des Films. Er mochte die Stadt zwar, aber er mochte auch die Ruhe auf dem Land, und die brauchte er, um seine Ideen entwickeln zu können. Manchmal stand er hier stundenlang am Fenster, sah hinunter auf die Straße und versuchte sich zu konzentrieren. Es funktionierte nicht. Meist schweiften seine Gedanken zu den Gesichtern hinter den Fenstern, verwickelten sie in imaginäre Gespräche, und irgendwann war er so darin vertieft, dass er sich nicht mehr um seine Ideen kümmern konnte. Brandon lehnte am Fensterrahmen, als ein leichter, krampfartiger Stich in seiner Brust ihn die Hand hochnehmen ließ. Er massierte die Stelle so, als könne er den Krampf damit lösen. Es half nichts, und mittlerweile ging dieser Schmerz bis hinüber in den linken Arm. Leicht schlenkerte er diesen und versuchte so, das fahle Gefühl des Altwerdens abzuschütteln. Immer noch auf die Straße hinuntersehend, bekam er nicht mit, wie der Schmerz nachließ. Mit einem leisen Grunzen stieß er sich vom Fensterrahmen ab und ging hinüber zum Telefon. „Ich hol dir ein Taxi, Süße." Ohne die Frau auf dem Bett anzusehen, wartete er, bis die Wahlwiederholung im Hörer verklungen war, und gab dem Operator auf der anderen Seite der Leitung seine Adresse und die Uhrzeit – wann der Wagen hier einzutreffen hatte – durch. Mittlerweile war das Betthäschen wutentbrannt aufgestanden und hatte sich samt Bettlaken, mit dem sie versuchte, ihre Blöße zu verdecken, ins Badezimmer geflüchtet. Zwanzig Minuten später war Brandon allein. Er saß nackt und breitbeinig, in seinem Rücken ein Stapel Kissen, auf dem Bett und dachte über Cannes nach. Natürlich war alles bereits in Planung. Gordon und Ava würden als Erstes ein Interview über sich ergehen lassen müssen. Und die Kamera wäre bei allem und jedem Anlass, zu welchem die beiden gehen würden, dabei. Es würde nur ein kleiner Ausschnitt aus dem Leben des großen Gordon Sumner sein, aber immerhin einer. Und es sollte doch mit dem Teufel zugehen, wenn er – Brandon – Gordon nicht dazu bekommen würde, sich endlich mit dieser kleinen Schlampe von Abfangjäger zusammenzutun. Falls – und davon ging er aus – sie immer noch auf ihren Prinzipien herumreiten würde, würde er zu Plan B übergehen. Und dieser sah vor, dass er sie sich nehmen würde. Dieser Hintern hatte ihn schon zu lange fasziniert. Brandon dachte an das, was er Ava an diesem einen bestimmten Abend gesagt hatte. Dass er mindestens fünf Kerle kennen würde, die dafür töten würden, ihr einen Vertrag – zu was auch immer – zu präsentieren. Den Umstand, dass er einer von diesen fünfen war, hatte er elegant unter den Tisch fallen lassen. Dieser Hintern wurde jeden Schreibtisch schmücken. Und zum Glück war sich diese Frau darüber nicht bewusst. Cannes würde die Entscheidung in einem Spiel bringen, das beinahe so lange andauerte wie das Schachspiel, welches Gordon beendet hatte. Und sollte alles schiefgehen und sich sein alter Freund immer noch nicht willig zeigen, in sein Glück zu marschieren, dann hätte er noch ein ganz spezielles Spielzeug parat. Was Brandon am meisten störte, war die Tatsache, dass Gordon sich abgewandt hatte. Seine Hilfe nicht annehmen wollte. Was, so dachte Brandon, tust du, wenn sich Gordon ohne deine Hilfe das Luder holt? Du kannst dann nicht einfach beiseitetreten. Du kannst dann nur mit einem Knall, der das Universum erschüttert, abtreten. Brandon lächelte seinem Spiegelbild im Fenster zu. Genau das würde er tun. Einen Urknall erzeugen. Alles verlief planmäßig.

20

Das Flugzeug landete pünktlich auf dem Flughafen *Cannes-Mandelieu*, der gemietete Wagen wartete tatsächlich auf dem beschriebenen Platz. Und Gordon war mehr als schweigsam. Dieses Gefühl der offensichtlichen Perfektion störte Ava. Für gewöhnlich ging auf solchen Reisen immer schon etwas schief, sobald man das Flughafengebäude verlassen hatte und das trotz Planung, die minutiös genau war. Ava hatte immer einen Plan B parat. Aber das hier? Das lief einfach zu glatt. Nun, eine Kleinigkeit gab es, die ihr und Gordon aufgefallen war, als beide das klimatisierte Terminal verließen. Es herrschte für diese Jahreszeit eine fürchterliche Hitze an der Côte d'Azur. Aber so wurden sie von der Mordshitze in dem Moment erschlagen, in welchem sich die Schiebetüren des Terminals öffneten und sie in die Sonne hinaustraten. In Gedanken ging sie ihre Kleider durch und stellte mit einem Seufzer fest, dass nichts dabei war, dass ihr helfen würde, die heißen Tage zu ertragen. Mit einem Seitenblick auf Gordon fragte sie sich, ob er wohl noch einmal die Kreditkarte herausrücken würde, verwarf diesen Gedanken aber gleich wieder. Gordons Haus in den Bergen glich einer Residenz aus gewachsenem Stein. Es war direkt in den Berg eingelassen und nur über eine versteckte Auffahrt zu erreichen. Die eigentlichen Zimmer lagen in Fels gehauen, und dementsprechend waren die Wände in diesem Haus. Grob und unbehauen wie in einer Felsenhöhle. James Bond und Dr. No ließen grüßen. Fenster gab es nur zur Meerseite hinaus, und wenn man hier von Fenstern sprach, dann war dies eine Aussage mit purem Understatement. Jedes Zimmer dieses zweistöckigen Hauses besaß eine kleine Veranda. Die im Erdgeschoss gelegenen Zimmer hatten naturgemäß einen etwas breiteren

Zugang hinaus in den Garten und zum Pool. Aber trotzdem hatte sich der Architekt Mühe gegeben, die Stufen, die er in den Berg hatte einarbeiten lassen, fließend zu überspielen. Alle Fenster waren bodentief und ließen sich über die gesamte Zimmerbreite öffnen. Ein Segen, vor allem wenn es so heiß war wie in diesen Tagen. Jeder Luftzug war willkommen. „Bevor wir uns heute Abend zum Dinner treffen", begann Gordon nachdenklich, als er gerade den Hausangestellten seine Koffer übergab, „würde ich dich gerne noch im Büro sprechen." Er nickte ihr zu und ließ Ava stehen. Fragend sah sie einen der anderen Angestellten an, doch der zuckte nur mit den Schultern und brachte dann ihre Koffer in ihr Zimmer. Ava schmunzelte, als sie sich umsah. Das hier war typisch Gordon. Möbel aus schwerem Holz, Lederbezüge auf den Sesseln, und das Himmelbett wurde durch einen schweren dunkelroten Samtvorhang veredelt. *Very british.* Gordon wollte auch im Ausland nicht auf seine gewohnte Umgebung verzichten, und so hatte er nicht nur dieses Haus im französischen Süden so gestaltet, auch alle anderen Häuser, die er besaß, sahen genauso aus. Ava öffnete ihren Koffer und begann ihre Kleider auszuräumen und in den Schrank zu hängen. Sie war so in ihre Arbeit vertieft, dass sie die Zeit vergaß. Erschrocken sah sie auf die Uhr und stellte fest, dass sie kaum noch eine halbe Stunde hatte, um sich für das Dinner mit den Honoratioren der Festspiele umzuziehen. Wahllos griff sie in den Schrank und war froh, ein leichtes Kleid erwischt zu haben, denn selbst zu dieser späteren Stunde war es immer noch höllisch heiß. Sie machte sich frisch, und bald konnte sie ihrem Spiegelbild zufrieden zunicken. Ein letzter Griff in die Schmuckschatulle und mit der Kette in der Hand verließ sie ihr Zimmer. Gordon erwartete sie bereits. Noch hatte er den Smoking nicht an. Schade, wie Ava fand. Dieser Cordblazerstil hatte zwar durchaus etwas Reizvolles, aber auch im Anzug machte Gordon, schon aufgrund seiner Statur, eine gute Figur. Er stand mit dem Rücken zu ihr und blickte erst auf, als er ihre Schritte hörte. Sie lächelte ihn an und drehte ihm dann ihrerseits den Rücken zu, gleichzeitig reichte sie ihm die Kette. Gordon hob ihren Pferdeschwanz an, und mit geschickten Händen legte er ihr das Schmuckstück um. Ava nickte ihm dankend zu und ging ein paar Schritte, zupfte an ihrem Kleid und richtete den Zopf. „Du wolltest noch etwas mit mir besprechen", fragte sie abwesend, während sie das Glas Champagner annahm, das Gordon ihr reichte. „Ja", antwortete er und wandte sich ab. Jetzt war der Moment gekommen, den er beinahe herbeigesehnt hatte und doch fürchtete wie der Teufel das Weihwasser. „Es geht um deinen Arbeitsvertrag", sagte er leise und nahm einen Schluck aus seinem Glas. „Was ist mit meinem Vertrag?" Ava war kurz zusammengezuckt und ein ungutes Gefühl machte sich in ihrer Magengegend breit. War er deshalb so still gewesen? Bekam sie jetzt die Kündigung? Innerlich schüttelte sie den Kopf. Gordon konnte kein Mistkerl sein, aber dass er sie noch mal für ihn schuften ließ und dann in Heathrow auf die Straße setzte, ..., nein, das machte nicht einmal er. „Ich möchte ihn erweitern." Immer noch stand Gordon mit dem Rücken zu ihr, und seine Worte klangen abgehackt. Sie sah auf seinen Rücken und versuchte in seiner Körperhaltung zu erkennen, was in ihm vorging. Doch da war nichts. Plötzlich ging ein Ruck durch ihn, er drehte sich zu ihr und zog aus der Innentasche seines Blazers einen Umschlag. Mit einem letzten Blick darauf reichte Gordon ihr diesen, und Ava sah kurz fragend zu ihm auf.

21

„Lies", sagte er knapp, „und dann entscheide." Sie stellte ihr Glas ab, drehte und wendete den Umschlag, dann öffnete sie ihn. Für einen Moment las sie still, schüttelte kurz darauf den Kopf und begann von neuem zu lesen. Das, was dort stand, war einfach zu irrsinnig, als dass sie es beim ersten Lesen hätte verstehen können. Oder gar akzeptieren. „Du bist wahnsinnig", brachte sie keuchend hervor, als sie den Brief endlich auf ihren Schoß sinken ließ. Sie starrte Gordon entsetzt an und wartete darauf, dass er laut lachen würde, dass alles nur ein Scherz gewesen wäre. Doch Gordon lachte nicht. Mit ernster Miene sah er sie an, dann nickte er. „Ja, wahnsinnig genug, dass ich es wagen will." Ava keuchte vor Aufregung. Abermals las sie die Zeilen, die ihren regulären Arbeitsvertrag um einige Tätigkeiten erweitern sollte. Immer noch ungläubig lehnte sie sich in ihrem Stuhl zurück. Dass er eine blühende Fantasie hatte, wusste sie ja, aber dass er zu so etwas fähig sein konnte? Ava schwankte zwischen Bewunderung und Verachtung. „Gordon, du weißt, was das hier sein soll?" Wieder nickte er, dieses Mal jedoch bedächtiger. „Ich weiß auch", sagte er leise, „dass dieser Vertrag keinerlei rechtliche Bindungen haben wird. Es ist nur ein Pamphlet zwischen uns beiden. Eines, dass es dir ermöglicht, deine beschissenen Prinzipien einzuhalten, und mir, dich endlich zu vögeln."

„Charmante Ausdrucksweise", konstatierte Ava leicht pikiert.

„Ich bin es leid, Ava, ständig hinter dir herlaufen zu müssen. Andere bekommen doch auch von dir, was sie wollen." Es klang beinahe, als wäre er beleidigt. Da war sie also, die Retourkutsche für ihre Schusseligkeit, die Bilder auf ihrem Rechner stehengelassen zu haben. „Es bekommt niemand alles von mir", sagte sie empört, „wie du auf diesen Schwachsinn kommst …"

„Zumindest dürfen sie mehr als ich." Er wandte sich kurz ab, um sich nachzuschenken. „Wirst du es tun", fragte er mit dem Unterton der Endgültigkeit. Sie seufzte und schlug die Hände vor die Augen. „Du bist vollkommen irre, ich kann doch so einen Vertrag nicht unterschreiben."

„Doch, kannst du. Niemand wird jemals etwas davon erfahren." Ava sah ihn prüfend an. Er hatte mit diesem ausgeprägten Selbstbewusstsein gesprochen, und sie ahnte, dass es ihm absolut ernst war. Gordon schob die Hände in die Hosentaschen. Das Bild, das er damit abgab, passte so gar nicht zu dem fordernden Ton des Schreibens. Ava schluckte schwer und las den Vertrag erneut. Es gab für sie nur zwei Möglichkeiten, die aber beide das gleiche Ergebnis haben würden. Pest oder Cholera, wie man so schön sagte. Langsam stieg ihr das Gelesene ins Bewusstsein und begann sich in ihrem Verständnis breitzumachen. Gordon bot ihr an, dass sie sich vertraglich dazu bereit erklärte, dass sie zu ihm zog. Mit allen Konsequenzen. Nicht nur, dass sie ihm nun 24 Stunden am Tag in ihrer Position als Assistentin zur Verfügung stehen sollte. Dieser Vertrag sollte auch regeln, dass sie mit ihm schlief. Wann und wo immer er es von ihr wollte. Im Gegenzug würde er dafür sorgen, dass dieser neue Teil ihrer Beziehung von niemandem bemerkt werden würde und sie weiterhin ihre Prinzipien nach außen wahren konnte. Ava war vollkommen überfordert. Der zweite Teil dieses Vertrags beinhaltete, dass, wenn sie den ersten verweigere, er ihr kündigen würde und sie somit keinerlei Ausrede mehr hätte, sich ihm zu verweigern. Was dies nach ihrem letzten Gespräch über den Messenger für Ava heißen würde, wurde ihr schlagartig klar. Sie würde ihm nicht entkommen. Weder auf die eine, noch auf die andere Weise. Konnte sie sich darauf einlassen? Natürlich liebte sie Gordon. Heimlich. Seit Jahren. Und dieser bescheuerte Vertrag würde nichts daran ändern, denn sie wusste, was er bedeutete: sein – mehr oder weniger – hilfloser Versuch, ihr eine Lösung anzubieten. Dass er dabei aber sofort in die Vollen ging und die totale Unterwürfigkeit von ihr forderte, das musste sie erst einmal schlucken. „Hab ich Bedenkzeit", fragte sie leise. Gordon richtete sich auf, nahm sein Glas, sah kurz hinein, und dann nickte er sacht. „Bis wir vom Dinner zurück sind."

„Du hast es ja eilig", sagte sie tonlos. Dann sprang sie auf und ging hinüber in ihr Zimmer.

22

Er hatte es geahnt, es war zu viel auf einmal. Aber der einzige Weg, sie endlich davon zu überzeugen, dass er es ernst meinte. Beinahe todernst. Sie musste doch sehen, wie es um ihn stand. Es konnte doch nicht sein, dass sie sich von anderen fesseln ließ, ihren Körper darbot und er außen vor bleiben sollte. Er, der sie doch schon so lange begehrte. Gordon nahm einen Schluck, schenkte sich nach und leerte das Glas in einem Zug. Der Alkohol ließ seine Kehle rau werden, und er räusperte sich. In dem Wissen, dass er ihr nicht viel Zeit gelassen hatte, begab er sich hinüber zu ihrem Zimmer, klopfte und mahnte an, dass sie nun gehen müssten. Avas Atem ging stoßweise vor Wut. Was bildete der Kerl sich eigentlich ein? Jetzt wollte er sie nicht nur einfach fürs Bett. Nein, der Herr ging gleich in die Vollen und forderte ihre Kapitulation. Entweder die oder ihre Kündigung. „Was für ein hinterlistiges Arschloch", lachte sie leise. Und dann diese Bedenkzeit, die keine war. Er wollte ihre Antwort noch heute. Noch heute! Das war doch verrückt. Trotzdem spürte sie eine Veränderung in sich. Sie hätte es nie so ausgedrückt, aber sie wollte zu ihm gehören. Und dieser idiotische Vertrag bot ihr die Gelegenheit dazu. Sie spürte, wie dieser Gedanke sie erregte. Sie spürte aber auch die Angst davor. Als es leise klopfte und sie Gordons Stimme hörte, wie er sie ermahnte, dass sie nun gehen müssten, war sie immer noch genauso schockiert, unentschlossen und sexuell erregt. Diese Dinner bei solchen Veranstaltungen waren immer gleich. Ein paar Honoratioren hielten eine mehr oder weniger alberne Rede, lobten die Organisation und das Essen. Gordon hatte sich etwas von ihr abgewandt und unterhielt sich scheinbar angeregt mit seiner Tischnachbarin. Avas Nachbar zog es indes vor, eher dem Alkohol zuzusprechen. Es war niemand da, mit dem Ava Small Talk betreiben konnte, und so hing sie während dieses Events ihren eigenen Gedanken nach. Und einer dieser Gedanken schob sich immer weiter in den Vordergrund. Der Wunsch nach dem Ausleben ihrer Fantasien mit Gordon. Unruhig rutschte sie auf ihrem Stuhl hin und her. Während sie den Gesprächen um sich herum lauschte, spürte sie dieses sachte Kribbeln in ihrem Unterleib. Die Vorstellung noch heute diesen Vertrag zu unterschreiben, ließ ihren Atem schneller gehen, ihren Herzschlag sich beschleunigen. Verschämt lächelnd griff sie nach ihrem Glas und versuchte, ihre aufkeimende Erregung dahinter zu verstecken. Trotzdem begann ihr Unterleib ein Eigenleben zu entwickeln. Ava spürte, wie das Blut in ihre Schamlippen strömte und ihre Vagina sich anschickte, im eh schon minimalen Slip einen feuchten Fleck zu hinterlassen. In ihrer Fantasie spürte sie bereits Gordons Hände auf ihrem Körper; fühlte, wie er an ihren Haaren und ihren Kopf so in den Nacken zog, dass sie sich nicht mehr gegen seine Küsse wehren konnte. Avas Busen hob und senkte sich immer heftiger unter dieser Vorstellung. Für einen Moment schielte sie über den Rand ihres Glases hinweg und versuchte festzustellen, ob sie von jemandem beobachtet wurde. Aber die meisten Gäste waren zu sehr mit sich und ihrem Auftritt in dieser illustren Gesellschaft beschäftigt, als dass sie überhaupt etwas von den anderen Anwesenden mitbekamen. So schloss sie für einen Moment genüsslich die Augen und rutschte wieder auf dem Stuhl hin und her. Wärme machte sich in ihrer Vagina breit. Das Paillettenmaterial ihres Kleides raschelte leise, und als sie ihr Glas auf dem Tisch abstellte, fühlte sich Gordon genötigt, doch einmal zu ihr herüberzusehen. Seinen skeptischen Blick beantwortete sie mit einem koketten Lächeln. Gordon hatte sich Mühe gegeben, gelassen und entspannt zu wirken. Nicht auszudenken, was geschehen würde, wenn in den Gazetten die morgige Schlagzeile lauten würde: *Großer Agent nervös vor seinem großen Auftritt?* Das Gespräch mit seinem Tischnachbarn interessierte ihn leidlich.

Nichts, was er nicht schon von diesem Menschen wusste. Nichts, was er sich nicht hatte zusammenreimen können. So ließ er beizeiten seinen Blick über die Anwesenden schweifen und stellte auch hier fest, dass es nichts Neues gab. Es waren immer die gleichen Gesichter, die gleichen Geschichten. Nur die Akteure wurden jedes Jahr älter. Während er die Anwesenden einer Begutachtung unterzog, stieg in ihm das Gefühl auf, dass etwas fehlte. Kurze Zeit später wusste er, was ihn stutzig gemacht hatte. Nicht etwas fehlte, sondern jemand. Brandon Cox hatte sich bisher noch nicht blicken lassen. Seltsam, wo sein ehemaliger bester Freund solche Veranstaltungen doch liebte, sie gar zu seiner Plattform zu machen pflegte. Aber Brandon blieb verschwunden. Das Gespräch mit seinem Tischnachbarn bedurfte nur ab und an einem Kopfnicken oder dem entsprechenden Gesichtsausdruck. Die Floskeln, die Gordon einwerfen konnte, hatte er in jahrelanger Kleinarbeit einstudiert, und selbst wenn er mit seinen Gedanken weit weg war, würde ihm hier kein Fehler unterlaufen. Gerade noch nickte er seinem Nachbarn zu, da fiel Gordons Blick auf Ava. Was trieb sie da? Ihr Gesichtsausdruck hatte sich in der letzten halben Stunde von tödlich gelangweilt in … Er suchte kurz nach dem passenden Begriff, und als ihm dieser einfiel, machte er sich Sorgen. Sie sah erregt aus. Ihre Wangen hatten sich leicht gerötet, um ihre Lippen spielte ein leichtes Lächeln, und so, wie er das von seinem Platz aus sehen konnte, saß sie mit ihrem Hintern schon lange nicht mehr still auf dem Stuhl. „Dieses kleine Luder", dachte er ziemlich amüsiert, „vertreibt sich hier die Zeit mit kleinen Spielchen." So unauffällig wie möglich warf er einen Blick auf seine Uhr. Zeit, zu gehen. Das Programm des Abends war schon lange beendet; der „gemütliche" Teil des Abends war längst nicht so gemütlich, und so entschloss er sich, dass er es riskieren konnte, die Festivität zu verlassen. Kurz nickte er Ava zu, die ihm einen dankbaren Blick schenkte, und zeitgleich verabschiedeten sie sich von ihren Tischnachbarn. Kurz dachte Gordon darüber nach, ob er Ava auf ihr kleines Spiel ansprechen sollte, doch er entschied sich dagegen. Noch ging es ihn nichts an. Sie saßen schweigend nebeneinander im Fond der Limousine und starrten hinaus in die Dunkelheit. Der lange und schwere Wagen quälte sich die Serpentinen zum Haus hinauf, und Ava zog eine leidende Miene. Diese Kurvenfahrten bekamen ihrem Magen nicht, und so bat sie den Fahrer, kurz anzuhalten. Sie kannte den Weg durch die Hügel, und mit einem kurzen Blick auf Gordon stieg sie aus. Der Wagen hatte kurz vor einer Abkürzung gehalten, die auch in der Nacht recht gut beleuchtet war. Kaum war die Limousine mit Gordon weiter den Berg hinaufgekrochen, spürte Ava die beinahe unerträgliche Hitze des Tages wieder. Es hatte sich kaum abgekühlt, und obwohl ein leichter Wind vom Meer heraufwehte, würde sie tüchtig ins Schwitzen geraten, wenn sie den Weg hinauf zum Haus gehen würde. Entschlossen, ihre Entscheidung nicht zu bereuen, zog sie die Schuhe mit den hohen Absätzen aus und machte sich auf den Weg. Durch Ginster und wilde Sträucher führte sie der kleine Pfad, und trotz der Tatsache, dass sie viele Treppen steigen musste, kam sie noch früher am Haus an als Gordon in der Limousine. Unschlüssig stand sie auf der Terrasse. Der Pool neben ihr plätscherte leise vor sich hin, und die Unterwasserbeleuchtung tauchte das Gebäude in gespenstiges Licht. Noch lagen die Zimmer darin in vollkommener Dunkelheit. Noch war sie allein hier. Die Angestellten waren, kurz nachdem sie mit Gordon das Haus verlassen hatte, in ihren wohlverdienten Feierabend gegangen, und Brandon Cox hatte sich auch noch nicht blicken lassen, obwohl eines der Zimmer im oberen Stockwerk für ihn reserviert war. Ava warf einen Blick hinauf in die Hügel und konnte dort die Scheinwerfer der Limousine erkennen, die sich immer noch über die Serpentinen quälte. Sie hatte also noch genügend Zeit. Zeit für ein kleines Bad in diesem herrlich verlockend blitzenden, kühlen Wasser des Pools. Sie ließ die Schuhe fallen und griff sich in den Rücken, löste den Reißverschluss, und das Kleid glitt zu Boden. Einen Augenblick später lag auch ihr Stringtanga auf dem Kleiderhaufen. Ava trat an den Rand des Beckens, reckte sich kurz, und mit einem Hechtsprung tauchte sie in das kühle Nass ein. Sie tauchte durch das ganze Becken und das Wasser prickelte wundervoll auf ihrer heißen Haut. Die Strömung durch ihr Haar ließ sie glauben, dass sie im offenen Meer schwimmen würde. Herrlich, nach dieser Hitze, die sie den ganzen Tag ertragen hatte, war das die Erfüllung. Ihre Gedanken wurden von der Kühle um sie herum freigewaschen. Frei von der Erregung, die dieser verfluchte Vertrag in ihr ausgelöst hatte. Ava tauchte auf, drehte sich auf den Rücken und ließ sich einen Moment mit geschlossenen Augen treiben, bis sie an den Rand des

Beckens kam. Sie tauchte unter und stieß sich vom Rand ab. Wie ein Delfin auf Tauchgang durchpflügte sie das Becken, bis plötzlich und unerwartet starke und warme Hände nach ihren Beinen griffen. Sie tauchte prustend auf, und nachdem sie das Wasser aus ihren Augen gewischt hatte, sah sie in das breite Grinsen Gordons. Erschrocken stellte sie fest, dass sie die Erlösung des Pools wohl doch länger genossen hatte, als sie es ursprünglich vorhatte. Gordon presste sie an sich. „Wusste ich doch, dass du irgendwas Nettes vorhast", sagte er immer noch grinsend, und Ava prustete verächtlich. „Bestimmt nicht für dich."

„Glaub ich dir nicht", antwortete er und lachte leise. Ava versuchte von ihm loszukommen, doch Gordons Arme lagen wie eine Spange um ihren Körper. Und je mehr sie versuchte, von ihm wegzukommen, desto stärker hielt er sie fest. Langsam kamen sich ihre Gesichter näher, und ehe Ava sich versah, berührten sich ihre Lippen. „Ich habe noch nicht zugestimmt", sagte sie keuchend, doch Gordon ließ sich nicht von ihrem flüchtigen Einwand beeindrucken. Sein Gesicht vergrub er in ihrer Halsbeuge, und seine warmen Lippen hinterließen eine Spur der Erregung auf ihrem Körper. Unwillkürlich machte sich ihr Körper bereit, sich ihm hinzugeben. Ihr Geist wehrte sich noch etwas unter seinen Berührungen, aber als seine Hände über ihre Haut strichen, schwand auch dieser letzte kleine Protest. „Das hier hat auch nichts mit der kleinen Vereinbarung zu tun", flüsterte er ihr ins Ohr, „das hier ist nur die Ouvertüre." Wieder verstärkte er den Griff um sie und hielt sie fest umschlungen, als er auf die kleine Treppe des Pools zuging. Ava kapitulierte. Sie schlang die Beine um seine Hüften und ließ sich von ihm in ihr Zimmer tragen. Er hörte nicht auf, sie zu küssen und zu liebkosen, und kaum hatte er sie auf ihrem Bett abgelegt, da öffnete sie ihre Schenkel, bereit, ihn zu empfangen. „Langsam", sagte er leise lachend, „ich will dich genießen, und das geht nicht so schnell." Mit einer Hand nahm er ihre Handgelenke und führte sie über ihren Kopf, die andere suchte sich zwischen ihren Beinen ihr Ziel. Ava seufzte leise, schloss die Augen und gab sich seinen Berührungen hin. Dachte sie noch vor zehn Minuten, dass sie ihre Erregung, die sie während des Dinners genossen hatte, durch das Bad im Pool hatte abwaschen können, so wurde sie nun eines Besseren belehrt. Gordons Hand lag warm und schwer auf ihrem Schamhügel, und diese doch so sanfte Berührung war das Beste, was sie je gefühlt hatte. Doch er beließ es nicht dabei. Sachte spreizte er die Finger und drückte ihre Schamlippen etwas auseinander. Ihre Klitoris fand ihren Platz zwischen zwei seiner Finger, die er langsam um diesen wunderbar empfindlichen Flecken ihres Körpers schloss. Wie eine Klammer lagen sie darum, und leichte massierende Bewegungen jagten Ava Schauer über den Rücken. Das war zu gut, um wahr zu sein. Gordon gönnte ihr diesen Genuss jedoch nicht lange. Während er über ihr lag und ihr Mienenspiel betrachtete, drückte er einen seiner Finger quälend langsam in ihre Vagina. Seine Finger waren so groß, dass er sie dehnen musste, damit er überhaupt in sie gleiten konnte. Mit einem zufriedenen Lächeln um seine Lippen stellte er fest, dass sie bereits feucht war. Ihre Wärme empfing ihn, als er tiefer in sie eindrang. Ein sachtes Stöhnen begleitete ihn bei seinem Tun, und Ava presste ihren Unterleib seiner Hand entgegen. Sein Handballen lag auf ihrem Lusthügel, und während sie sich ihm entgegendrängte, verharrte er dort nicht untätig. Ava wälzte sich in seinen Armen, und er hatte dabei Mühe, ihr Gesicht zu betrachten, während er einen weiteren

Finger in sie schob. Er drückte seine Finger auseinander und füllte sie vollkommen aus. Jeden einzelnen ihrer Muskeln spürte er auf seiner Haut, und dass sie ihn mit diesen Muskeln umspielte, brachte ihn beinahe um den Verstand. Sein Penis regte sich Und musste ein wenig zur Seite rücken. Genauso hatte er es geplant. Ihr erstes gemeinsames Mal. Langsam wollte er sie mit seinen Händen befriedigen, genüsslich um den Verstand bringen. Nicht einmal, nicht zweimal. Die ganze Nacht sollte sie so leiden und immer wieder Höhepunkte erleben, damit er sie zum Schluss seines Vorhabens zu einem letzten Orgasmus bringen konnte. Genauso wollte er es tun. Und sie bot sich ihm für dieses Vorhaben an. Die Bewegungen ihrer Hüften wurden schneller, und seine Finger glitten immer tiefer in sie. Ihr rauer Atem an seiner Schulter, das Schluchzen ihrer Erregung, all das ließ ihn zufrieden lachen. Noch war er nicht an der Reihe, noch nicht. Gordon spürte, wie sich ihre Vagina zusammenzog und Ava für einen Moment die Luft anhielt. Dann entlud sich ein quälend langsamer Orgasmus in ihrem Körper. Er fühlte, wie sich über seinen Fingern die letzten Zuckungen ihres Kommens verteilten, hörte ihr leises Seufzen der Erleichterung, und er zog sich nicht aus ihr zurück. Seine Finger verharrten in ihr, bis sie sich beruhigt hatte. Ava öffnete die Augen und sah ihn zärtlich an. „So was kannst du", fragte sie ihn leise und beinahe ungläubig. Gordon nickte. „Hmm, auch das kann ich. Gewöhn dich aber nicht dran", sagte er ebenso leise wie sie, „das gibt es nur für brave Mädchen."

„Wieso war ich nicht brav?" Ava rückte ihren Kopf zurecht, damit sie ihm in die Augen sehen konnte. „Oh", antwortete er, „zunächst wäre da eine Wartezeit von fünf Jahren. Nicht sehr brav." Er ließ sie sachte Bewegungen seiner Finger in ihr spüren. „Dann wäre da die Tatsache, dass du dich während eines Dinners beinahe selbst befriedigt hast." Empört stieß sie die Luft aus, kicherte aber gleich darauf, weil er sie auf die Nase küsste. „Und dann wäre da noch der nicht unterzeichnete Vertrag. Keine guten Voraussetzungen für ein braves Mädchen." Er sah sie abschätzend an und begann, seine Finger in ihr zu bewegen. „Ey", protestierte sie leise, „darf ich erst mal eine Pause haben?" Gordon schüttelte den Kopf. „Heute Nacht", sagte er, während er eine Augenbraue vorwitzig hochzog, „bestimme ich, was du zu tun hast. Egal, ob du diesen Vertrag unterzeichnest oder nicht." Ava versuchte seinen Fingern in ihr zu entkommen, doch er ließ es nicht zu. Er kitzelte diesen einen Punkt tief in ihr, Der so besonders empfindlich war. Ava jaulte leise auf, ihr Atem beschleunigte sich augenblicklich. Ihre Bauchdecke zuckte zusammen, und als er sich weiter in ihr bewegte, stöhnte sie laut auf. Gordon beugte sich hinunter und berührte ihre steifen Nippel. Sacht ließ er sie seine Zunge spüren, und über Avas Körper huschte eine leichte Gänsehaut. So zart, so sacht. Nie hätte sie erwartet, dass er zu diesen Berührungen fähig wäre. Seine Finger tief in ihr, lockten einen weiteren Orgasmus aus ihr heraus. Dieses Mal entfernte er sich aus ihr, verteilte ihre ausströmende Feuchte an ihrer Spalte und suchte mit seinem Daumen ihren Anus. Langsam umkreiste er diesen Punkt, und mit sanftem Druck dehnte er ihn. Gordon konnte jede Regung ihres Körpers in ihrem Gesicht lesen. Der leichte Schmerz der Dehnung ließ Ava aufstöhnen, und Gordon bedeckte ihre Lippen mit seinen. So abgelenkt konnte er sie weiter für seine Zwecke vorbereiten. Seine Zunge suchte sich ihren Weg zwischen ihre geschlossenen Lippen, und als sie sich mit ihrer traf, meinte Gordon, dass es einem elektrischen Schlag glich. Seine Sinne ergaben sich diesem Gefühl, und er musste an sich halten, damit er sein Vorhaben auch weiterführen konnte. Mit einer bedächtigen Bewegung schob er sich über sie, spreizte ihre Beine, ließ nicht von ihren Lippen und seine Finger an ihrem Hintern. Sie wühlte unter ihm, und ihre Hände vergruben sich in die Laken. So aufregend, dass Ava es kaum aushalten konnte. Sie bäumte sich Gordons Berührungen entgegen, und als sein Daumen in ihren Anus eindrang, schrie sie erstickt auf. Jetzt lösten sich seine Lippen von ihren. Er kniete sich zwischen ihre Beine, bewegte noch einmal seinen Daumen in ihr und zog sich dann aus ihr zurück. Im Halbdunkel ihres Zimmers glitzerten die Schweißperlen zwischen ihren Brüsten wie Diamanten auf. Gordon hob ihre Beine über seine Schultern und die Diamanten zwischen ihren Brüsten rollten über ihren Körper. Seine Lippen senkten sich über ihre Scham, berührten das zarte Fleisch dazwischen und entlockten seiner Gespielin ein langes Seufzen. Mit einem wissenden Lächeln auf den Lippen richtete er sich zwischen ihren Beinen so ein, dass sein Penis direkt vor der Öffnung ihres Anus lag. Mit einer Hand führte er sein hartes Geschlecht daran, ließ die feuchte Spitze sie weiten und drang dann in sie ein. Ava stöhnte vor Schmerz auf; das Brennen, das sich in ihr ausbreitete, wollte sie zerreißen. Gordon legte ihr einen Finger über ihren Kitzler, massierte ihn im Einklang mit seinem Eindringen in sie, so konnte Ava den Schmerz, den er ihr bereitete, genießen. Sein Ständer verschwand beinahe vollständig in ihr, und Avas Stöhnen begleitete seine Bewegungen in ihr. Langsam stieß er in sie, langsam zog er sich aus ihr zurück, immer wieder fuhr sein Finger über ihren empfindlichsten Punkt und entlockte ihr ein wohliges Wimmern. Sie ließ ihn ihre Muskeln spüren, und bevor er sich's versah, war es mit seiner Selbstbeherrschung vorbei. „Berühre dich selbst", sagte er mit einem Stöhnen, nahm seine Finger von ihr und stützte sich auf. Ava folgte seiner Aufforderung, schlang die Beine um seinen Hals und presste sich seinen Bewegungen entgegen. Immer schneller und tiefer fuhr er in sie, Schweiß tropfte von seiner Stirn auf sie hinab, und dann spürte er diesen Moment, den er so lange herbeigesehnt hatte. Gordon kam mit aller Gewalt. Er zuckte, er brüllte ihr seinen Orgasmus entgegen, und während sie sich weiter rieb, entluden sich seine Säfte in ihr. Keuchend ließ er den Kopf sinken, und

dieses Gefühl der Zufriedenheit machte sich in ihm breit. Einen Augenblick
später folgte ihm Ava, und ihre Kontraktionen zogen ihn noch einmal mit
sich fort. Schwer atmend lag er über
ihr, genoss die letzten Wehen seines
Orgasmus und hielt Ava, die genauso
schwer atmend neben ihm lag, in seinen Armen. Beinahe fesselte er sie
damit, sie konnte sich kaum rühren,
wollte es auch nicht, und so ließ sie
sich in diesen Empfindungen gefangen
halten. Irgendwann rührte er sich, hob
sie hoch und trug sie ins Bad. Sie rei-
nigten sich gegenseitig, und erneut
stieg die Lust in ihnen auf. Eng umschlungen ließen sie das Wasser über
ihre Körper prasseln, hielten sich,
küssten sich und genossen dieses Spiel
aus Lust und Verlangen, der Kühle
des Wassers und der Wärme ihrer
Körper. Gordons Penis wuchs unter
ihren Berührungen erneut und streckte sich ihr neugierig entgegen. Ava
lachte leise. „Ob ich das heute noch
mal schaffe?", fragte sie leise, drehte
ihm dabei den Rücken zu und beugte
sich wie ein Taschenmesser hinunter.
Dieses Mal nahm er sich ihrer Vagina
an, und das laute Seufzen, das sein
Eindringen in sie begleitete, hallte
durch das Bad. Kaum war er in ihr,
richtete sich Ava auf, stützte sich an
der Wand der Dusche ab und überließ

Gordon ihren Körper zu seiner Befriedigung. Er nahm diese Offerte an,
tauchte in diese Feuchte ihrer vergangenen Lust ein und holte sich erneut
die Befriedigung, auf die er so lange
hatte warten müssen. Sie spürte, wie
er in ihr kam, und es entlockte ihr ein
zufriedenes Lächeln. Und gleichzeitig
schalt sie sich einen Dummkopf. Das
hätte sie alles schon wesentlich früher
haben können.

23

Brandon Cox hatte die Veranstal-
tung früh verlassen. Im Moment konnte er diese Leute nicht ertragen. Die
Schmerzen in seinem Arm und seiner
Brust ließen ihn unleidlich werden.
Die Bussi-Gesellschaft auf diesen
Dinner-Abenden war da nicht besonders hilfreich, seine Laune zu heben.
Nun stand er seit einigen Stunden
hier im Dunkel seines Zimmers, welches ihm Gordon noch zu Zeiten ihrer
Freundschaft zur Verfügung gestellt
hatte. Damals. Pah, wie lange war das
her? Keine Woche. Dieser verdammte
Kerl beendete eine jahrelange Freundschaft nur, um sich dieser Frau zu-
wenden zu können. Als Gordon an
diesem Abend die Dame auf das
Schachbrett legte, kam dies einer

Kriegserklärung gleich. Er wollte Ava haben, dann würde er um sie kämpfen müssen. Und dann kam dieses Objekt seiner Wut die Stufen hinter der Terrasse herauf, sah sich um und zog sich aus. Um ehrlich zu sein, sie sah ganz nett aus, so wie sie dort unten nackt in den Pool stieg. Wie ihre Silhouette durch das Wasser glitt und das Wasser aus ihren Haaren floss, als sie auftauchte. Durchaus anregend. Als dann Gordon auftauchte, sie quasi in ihr Schlafzimmer entführte und Brandon hier oben Ohrenzeuge des Ficks wurde, den die beiden unten veranstalteten, wurde er noch wütender. Brandon hörte das Stöhnen der Frau, die ihm den Freund gestohlen hatte, hörte das zufriedene Brüllen des Mannes, der ihn aufgegeben hatte, eben wegen dieser Frau. Zwischen seiner eigenen Erregung und der Wut auf die beiden hin- und hergerissen, lehnte er mit schmerzverzerrtem Gesicht am Fensterrahmen. Dieser verfluchte Schmerz wollte nicht weggehen. Medikamente halfen nur zeitweise. Brandon rieb sich den Arm und versuchte so, das Brennen darin zu lindern. Mit leidlichem Erfolg. Er ergab sich für heute in sein Schicksal und begab sich zu Bett. Im Liegen war der Schmerz erträglich und nicht so erschöpfend. Und im Liegen konnte er auch wesentlich besser an seinen Plänen für die kommenden Tage arbeiten. Dass Gordon tatsächlich so fix zum Ziel gekommen war, war ärgerlich, denn jetzt musste Brandon umdisponieren. Ursprünglich wollte er Ava während eines Dinners verführen. Jetzt musste er härtere Bandagen aufbringen. Bei dem Wort Bandagen blitzte es böswillig in seinen Augen, und der Plan, Gordon für diese Kriegserklärung zu bestrafen, nahm innerhalb von Minuten Gestalt an. Noch während er darüber nachdachte, wie er weiter vorgehen würde, fiel er in einen unruhigen Schlaf, in dem er von vergangenen Zeiten träumte. Von den Schlachten, die er mit Gordon an seiner Seite ausgefochten hatte. Zunächst war Brandon verwirrt, über die Bilder, die ihm Morpheus schickte, doch als er sich ein wenig entspannte, erkannte er die Umgebung, in der er sich befand. Shanghai. Ein breites Lächeln glitt über sein Gesicht. Er und Gordon im übelsten Puff der Stadt. Mittendrin und von schönen Mädchen und hübschen Kathoeys umgeben. Nach ihrer Reise dorthin hatten sie die restlichen Dollars, die ihnen nicht geklaut worden waren, auf den Tisch gelegt und sich einquartiert. Genossen das Nachtleben und die Tage, die sie fast immer durchschliefen. Das Essen, das ihnen quasi frei Haus geliefert wurde. Es war eine All-Inclusive-Reise, die auch Penicillin, gegen die verdammten Geschlechtskrankheiten, und Medikamente gegen Durchfall beinhaltete. Trotzdem hatten sie mehr als acht Monate dort unten durchgefeiert. Und so eine Reise, die schweißte echte Männer eben zusammen. Für ein ganzes Leben. So was gab man nicht für eine Frau auf. Niemals. Aber anscheinend schien Gordon Sumner das neuerdings anders zu sehen. Früher, da hatten sie alles geteilt. Jedes noch so kleine, enge feuchte Loch gemeinsam gevögelt. Was sollte jetzt anders sein?

24

Der Morgen danach. Für Gordon bisher immer ein Moment des Schreckens. Immer wieder musste er sich für das, was er in der Nacht vorher getan hatte, entschuldigen. Oder besser: Ava musste dies tun. Heute erwachte er mit dem guten Gefühl, dass er sich nicht zu entschuldigen brauchte. Er hatte sie führen können und so nehmen, wie er es wollte. Sie war ihm gefolgt, und dafür war er dankbar. Gordon legte sich auf die Seite und sah ihr beim Schlafen zu. Ihr Profil war so zart und wunderschön, dass es ihm beinahe das Herz zerriss, als ihm bewusstwurde, dass sie nun endlich ihm gehörte. Leise stand er auf, verließ sie und ging unter die Dusche. Als er zurückkam, schlief sie noch immer, und so entschloss er sich, ihr das Frühstück ans Bett zu bringen. In der Küche angekommen, saß Brandon am Tisch und biss gerade in ein Croissant. Der Regisseur saß mit dem Rücken zu ihm, leicht gebeugt, was Gordon stutzig werden ließ, doch er kümmerte sich nicht weiter um seinen ehemaligen Freund. Beinahe hatte er sogar vergessen, dass er ihn eingeladen hatte. So richtete er schweigsam und ohne einen Morgengruß an Brandon das Frühstück für ihn und Ava, trug es hinüber in ihr Zimmer und weckte sie sanft. Verschlafen rieb sie sich die Augen und lächelte ihn dann an. „Oh … Kaffee", sagte sie mit einem Schmunzeln, „bekomme ich den Service jetzt häufiger?"

„Nein." Gordon lachte leise über ihren Schmollmund. „Das hier ist nur ein kleiner Appetizer. Demnächst wirst du keine Gelegenheit mehr haben, im Bett zu frühstücken." Ava brach das Croissant in zwei Hälften und schob ihm die eine Hälfte in den Mund. „Das ist aber keine gute Pflege seiner Angestellten", sagte sie immer noch schmollend, aber mit einem kecken Lächeln um die Lippen. Gordon zuckte mit den Schultern. „Du wirst dich dran gewöhnen", antwortete er mit vollem Mund. Mühsam schluckte er das viel zu große Stück Gebäck hinunter, trank einen Schluck Kaffee und räusperte sich dann. „Da wäre noch eine winzige administrative Angelegenheit zu erledigen", sagte er, ohne sie dabei anzusehen, und tat, als suche er nach dem nächsten Leckerbissen auf dem Tablett. „Du weißt, dass diese Idee vollkommen bescheuert ist?", fragte Ava leicht abwesend, und Gordon nickte affektiert. „Kennst du das anders von mir?", fragte er mit entwaffnender Ehrlichkeit zurück, und Ava lachte laut schallend auf. „Nein, eigentlich hätte ich irgend so einen Blödsinn von dir erwarten können." Sie dachte einen Moment nach. „Du weißt, dass du mich jetzt zur Hure machst?" Gordon sah sie erstaunt an. „Na ja, du zahlst fürs Vögeln."

„Das aus deinem Mund ... Tss", spielte er den Empörten, und Ava lachte leise. „Ist wenigstens eine Gehaltserhöhung drin?", fragte sie schnippisch. „Du bekommst freie Kost und Logis, das muss reichen." Sein breites Grinsen kommentierte sie mit einem Knuffen in seine Seite. „Dann unterschreibst du?" Für einen Moment sah sie ihn prüfend an, dann nickte sie. Gordon sprang so heftig vom Bett auf, dass der Kaffee aus den Tassen auf das Tablett schwappte, und rannte hinüber ins Wohnzimmer, wo immer noch der Vertrag auf dem Tisch lag. Mit einem Kugelschreiber und dem so anrüchigen Stück Pakt kam er zurück. Er reichte ihr den Kugelschreiber, während sie ihn strafend ansah und immer noch die Kaffeepfützen vom Tablett wischte, drehte ihr den Rücken zu, und Ava legte das Schreiben darauf. Einen Augenblick später spürte er, wie sie mit dem Stift darüberfuhr. „Geschafft", dachte er. So blöd diese Aktion auch war, sie hatte ihn zum Ziel geführt. „Du weißt, dass du dir die Hölle auf Erden ins Haus geholt hast, wenn das hier nicht funktioniert?", fragte sie, als sie ihm das Papier und den Stift zurückgab. Gordon kräuselte für einen Moment die Stirn und nickte dann langsam. „Dann habe ich es nicht anders verdient, wenn das hier nicht funktioniert."

25

Brandon hatte Gordon erfolgreich ignoriert. Aber es fehlte ihm die Zufriedenheit, die ihn normalerweise durchströmte, wenn er bestimmte Menschen in seiner Umgebung ignorierte und die sich dann den Kopf darüber zerbrachen, warum er das wohltat. In der letzten Nacht hatte er wenig geschlafen, die Schmerzen wurden schlimmer, aber er durfte sie nicht weiter beachten. Er hatte schließlich einen Plan und den galt es nun, in die Tat umzusetzen. Vor allem, nachdem er auf dem Wohnzimmertisch diesen Vertrag gefunden hatte. Sollte es Gordon tatsächlich geschafft haben, dieses Weib mit diesem Pamphlet ins Bett bekommen zu haben? Die Geräusche der letzten Nacht sprachen dafür. „Ich hatte dich für Intelligenter gehalten, Ava Fisher", sagte er halblaut vor sich hin. Brandon erhob sich und begann mit seinen Vorbereitungen. Genauso wie Gordon und diese kleine Schlampe, hatte er heute noch einen freien Tag zur Verfügung. Und diesen Tag würde er nutzen.

26

Ava stand unter der Dusche und wusch sich die Spuren der letzten Nacht von ihrem Körper. Während das Wasser über ihre Haut strömte, stieg die Erinnerung in ihr wieder auf, und lächelnd stellte sie fest, dass diese Erinnerung schon reichte, um sie wieder zu erregen. Genauso stellte sie fest, dass diese Nacht so ziemlich das war, was sie sich von einer Beziehung mit Gordon erhofft hatte. Wenn sich jetzt nun noch ihre gemeinsamen Neigungen vereinten, dann würde es wundervoll werden. Sie stellte das heiße Wasser ab und trat aus der Dusche. Ava war nicht überrascht, dass Gordon bereits dort auf sie wartete. Er half ihr in einen leichten Bademantel und reichte ihr ein Handtuch für ihre Haare, dass sie sich schwungvoll um den Kopf wickelte. „Ich will dir was zeigen", sagte er mit geheimnisvollem Unterton. Neugierig folgte sie ihm durch das Zimmer über den Flur in die untere Etage. Vor einer Tür, die in einen Raum führte, der tiefer in den Felsen eingelassen war als die anderen Räume in diesem Haus, blieb er stehen. Gordon hob den Zeigefinger und legte ihn auf seine Lippen. „Darf ich vorstellen? Das Allerheiligste in diesem Haus." Aus der Tasche seines

Bademantels zog er einen altertümlich aussehenden Schlüssel hervor, der zum Schloss der Tür vor ihnen zu passen schien. Kurz stellte er sich vor sie, öffnete und trat dann zur Seite. In dem Moment, in dem die Tür sich öffnete, ging in dem Raum dahinter auch gedämpftes Licht an. Ava blieb vor Staunen der Mund offenstehen. Langsam ging sie einen Schritt weiter, lachte leise und tat den nächsten Schritt hinein. „Das ist eine Folterkammer", rief sie aus, und Gordons Lachen hinter ihr sagte ihr, dass sie richtiglag. Er war ihr gefolgt und hatte die Tür hinter ihnen geschlossen, während Ava immer noch staunend durch den Raum ging. Sie kannte die Villa seit Jahren und hatte keine Ahnung davon gehabt, was sich hinter dieser Tür verbarg. Die Wände waren grob behauen und zeugten davon, dass diese Wände wirklich massiv waren. Indirekte Beleuchtung sorgte dafür, dass es gemütlich und warm wirkte, aber auch ein wenig bedrohlich, denn die Schatten, die dieses Licht warf, verformten die Konturen der sich darin befindlichen Gestände in bizarre Formen. „Du bist vollkommen irre", sagte Ava leise und mit einer gehörigen Portion Respekt in ihrer Stimme, als sie ihre Fassung wiederfand. Sie ging durch den Raum, der mehr als extravagant eingerichtet war. An den Wänden hingen diverse Peitschen und anderes Schlaggerät. Seile, in verschiedensten Dicken und Längen, waren ordentlich an stabilen Haken und Ösen sortiert aufgehängt. An der Wand, die der Tür gegenüberlag, war ein schwarzes Andreaskreuz angebracht worden. Sie schritt darauf zu, vorbei an Möbelstücken, von denen sie sich nicht einmal in ihrer blühendsten Fantasie hätte vorstellen können, wozu man sie wohl benutzen konnte. „Was sagst du dazu?" Gordon lehnte an einem Tisch in der Mitte des Raumes und strich mit seiner Hand sanft über die ledernen Polster am Fußende. „Dass du nicht ganz dicht bist." Ava drehte sich zu ihm herum und grinste ihn mit einem Kopfschütteln schräg an. „Du weißt, was das hier heißt?" Ava nickte, kam auf ihn zu und ließ sich von ihm in die Arme nehmen. „Und ob ich das weiß", sagte sie und sah zu ihm auf. „Das heißt, dass die Colliers, die ich für deine Ex-Freundinnen gekauft habe, viel zu billig waren."

„Das meinte ich jetzt nicht, aber gut zu wissen, dass ich noch günstig weggekommen bin." Er beugte sich zu ihr und küsste sie sanft auf die Nasenspitze. „Ich will wissen, ob du dazu bereit bist." Ava drehte sich in seinen Armen und besah sich den Raum. War sie bereit dafür? Die Spannung und die Neugier, die sich bei ihr einstellten, als sie die Gerätschaften sah, sprachen dafür. Aber traute sie Gordon so weit, dass sie sich ihm wirklich hingeben konnte? Für einen Moment schloss sie die Augen, dann nickte sie sich bestätigend zu. „Lassen wir es auf einen Versuch ankommen." Gordon drückte sie, anstatt ihr zu antworten. Er nahm ihre Hand, führte sie an die Rückseite des Raumes und schob ihr den seidenen Bademantel von den Schultern. Leise raschelnd fiel er zu Boden. Gordon beobachtete Ava genau, versuchte ihre Reaktionen auf das Kommende einzuschätzen. Aber schon bei dieser kleinen Geste wusste sie ihn zu überraschen. Hatte er erwartet, dass sie, sobald der Mantel fiel, die Hände vor ihren Brüsten kreuzen würde, so war es nun an ihm, überrascht zu sein. Denn Ava stand abwartend und beinahe lässig vor ihm. Die Schultern voller Stolz zurückgedrückt und sich ihm präsentierend. Gordon griff nach einem der Seile, die neben ihm an der Wand hingen, und ließ es durch seine Finger gleiten. Mit geschickten Bewegungen legte er das Seil so in Schlaufen, dass es für ihn ein Leichtes war, es um Avas Körper legen zu können. Sie hob die Arme leicht an und machte es ihm dadurch noch etwas einfacher. Ein paar Minuten später lag auf ihrem Körper ein Bondage, das die groben Hände seines Machers Lügen straften. Es saß fest, war aber so kunstvoll über ihr Fleisch gelegt, dass sie nur spürte, wie ihre Brüste dadurch angehoben wurden. Gordon nahm ein weiteres Seil und verschlang es mit dem Ersten so, dass Avas Brüste nun festgebunden vor ihm standen. Dieser Anblick raubte ihm den Atem, und er beugte sich hinunter, damit er das so gepeinigte Fleisch küssen konnte. Sein warmer Atem auf ihrer Haut ließ Ava leise stöhnen. Seine Lippen jagten ihr einen wohligen Schauer über den Rücken. Jede seiner Bewegungen auf und an ihr hatte ihre Neugier in Erregung wechseln lassen. Sie spürte, wir ihre Schamlippen leicht anschwollen, und sie wusste nun, dass sie sich für ihn fallenlassen konnte. Gordon griff nach einem weiteren Seil und begann, es zwischen ihre Beine zu legen. Er achtete darauf, dass nicht schon jetzt, wo er doch erst am Anfang seiner Bemühungen stand, die Seile in ihre Haut schnitten und sie so das Vergnügen dieser Kunst nicht mit ihm teilen konnte. Immer wieder wickelte er sein Handwerkszeug um ihren Körper, immer wieder ging er um sie herum, damit er mit Knoten und Verknüpfungen das Tau fixieren konnte. Ava stand mit geschlossenen Augen und genoss jede seiner Berührungen, waren sie auch noch so zufällig und eher den Fesseln geschuldet als wirklich ihrer Erregung. Es raschelte hinter ihr, und Gordon zog an einem Haken, der von der Decke herunterhing. Er befestigte einen Karabiner an einem besonders stabilen Knoten in ihrem Rücken, und nun konnte Ava den Boden gerade noch mit ihren Zehenspitzen berühren. Die Seile auf ihrem Körper zogen ruckartig an und schnitten in ihr Fleisch. Sie stöhnte laut und genießerisch auf. Während der Zug durch ihr eigenes Gewicht auf ihre Fixierung sie in eine andere, lustvollere Welt hinübertrug, berührte Gordon sie vorsichtig, streichelte die Stellen, an denen das Seil ihre Haut berührte, und ließ ihren Körper auf diese Weise vor Erregung kribbeln. Er griff nach ihr, zog sie in seine Arme, ließ seine Hände über ihren Körper wandern und fand schließlich den Weg zwischen ihre Beine. Das Seil dort war tropfnass von ihrer Feuchte, und Gordon stöhnte leise in ihr Ohr. „Genau so …", mehr brachte er nicht zustande. Seine Finger suchten ihr Innerstes und vergruben sich darin. Ava bäumte sich in ihren Fesseln auf und versuchte sich ihm entgegenzudrücken. Sie wollte ihn nun nicht mehr nur auf ihrer Haut spüren. Nein, er sollte sie ausfüllen, so wie in ihrer letzten gemeinsamen Nacht. Das hier, dieses Zusammenspiel aus ihm, den Fesseln und ihrer eignen Lust, würde ein phantastisches Finale haben. Doch noch wollte Gordon ihr das Letzte nicht gönnen. Er ließ sie los und machte sich auf die Suche nach einem bestimmten Werkzeug. Einen Augenblick später klopfte er sacht mit einem Rohrstock auf ihren Hintern. Ava lächelte sacht. Er war dabei, ihre Pobacken für Härteres anzuwärmen, und sie wusste, sie würde den Schmerz genießen. Immer heftiger wurden die Hiebe auf ihrem Fleisch, immer kürzer die Abstände zwischen den Schlägen, bis Gordon kurz innehielt, um dann einen wirklich harten Schlag durchzuführen. Ava schrie die Überraschung und den Schmerz laut hinaus. Sie keuchte gegen die Pein auf ihrem Po an. Kurz darauf spürte sie seine große Hand, wie sie über die frischen Striemen strich. Wohlige Wärme breitete sich von dieser Stelle in ihrem ganzen Körper aus. Gordon wiederholte die Prozedur noch einmal, und jedes Mal war dieser beißende Schmerz überraschend und heftig. Ava drehte sich in ihren Seilen, versuchte dem Stock auszuweichen, doch Gordon zog sie immer wieder in die für ihn günstigste Position zurück. Irgendwann hörte sie, wie der Stock zu Boden fiel, und so erlaubte sie sich, erleichtert auszuatmen. Gordon lachte leise, dann griff er an ihre Hüften und hob sie hoch. Er hielt sie so, dass er mühelos in sie stoßen konnte. Ava saß auf seinem harten Penis und massierte ihn, mit ihren Muskeln. Das war ein Spiel, das er sich gerne gefallen ließ, und so verharrte er in ihr, ohne sich zu bewegen. Doch Ava wurde ungeduldig. Sie hatte seine Hiebe ausgehalten, hatte die Erregung ertragen, die ihr die Seile bescherten, jetzt wollte sie endlich kommen, wollte endlich belohnt werden, und sie begann, über ihm zu zappeln. Wieder lachte er leise, doch er verstand und begann, mit langsamen Bewegungen in sie zu fahren. Einen seiner Finger ließ er auf ihrem Kitzler ruhen und nur durch seine Bewegungen in ihr verstärkte sich der Druck darauf. Ava seufzte leise, und jede Bewegung in ihr ließ dieses Seufzen lauter werden, bis sie beinahe vor Lust kreischte. Und jetzt endlich gab ihr Gordon das, was er ihr mit jeder Berührung, mit jedem Hieb auf ihren Hintern versprochen hatte. Seine Stöße wurden heftiger, sein Stöhnen lauter und rauer. Die Behandlung, die er ihr hatte zuteilwerden lassen, hatte nicht nur sie beinahe um den Verstand gebracht. Jetzt sollten sie beide das Finale erleben können. Er spürte, wie sich sein Orgasmus durch seinen Körper zog, fühlte, wie sich ihre Vagina über ihm zusammenzog und auch Ava quälend langsam in den Genuss der Erlösung kam. Für ein paar Minuten musste sie noch in den Fesseln ausharren. Kaum in der Lage, auf eigenen Füßen zu stehen, hielt Gordon Ava in seinen Armen, dann löste er den Karabiner in ihrem Rücken und ließ sie sacht zu Boden. Immer mehr von den Seilen lösten sich und zeigten ein wunderbares Muster auf ihrem Körper. Doch hier in diesem Raum wollte er die Zeichnungen nicht genießen. Er wickelte sie in ihren Mantel, legte ihr die Arme in Nacken und Kniekehlen und trug sie zurück in ihr Zimmer. Dort legte er sie auf dem Bett ab und verharrte einen Moment in dem Anblick, der sich ihm bot. Ava lächelte müde, reichte ihm die Hand, und er legte sich zu ihr. Immer wieder strich er über die Spuren der Seile und sorgte dafür, dass die Stellen wieder durchblutet wurden. Irgendwann stellte er fest, dass sie in seinen Armen eingeschlafen war.

27

Er hatte tief geschlafen und sie währenddessen nicht aus seinen Armen entlassen. Jetzt störte ihn etwas. Verschlafen hob er den Kopf in die Richtung, aus welcher das Geräusch kam, das ihn verwirrte. Er kniff die Augen zusammen und versuchte den Schlaf aus einem Kopf zu vertreiben. Irgendwie drang dieses Geräusch immer tiefer in sein Ohr, und er verstand, dass es sein Handy war, das beinahe wütend darüber, dass es ignoriert wurde, vor sich hin klingelte. Gordon stand behutsam auf und legte Avas Kopf auf die Kissen. Kurz regte sie sich, doch sie wachte nicht auf. Unschlüssig, aus welcher Richtung das Klingeln kam, ging er durch den Raum. Er fand das störende Ding und nahm das Gespräch an. Eine junge weibliche Stimme, die sich als Mitarbeiterin der Festivalleitung zu erkennen gab, bat ihn, sofort zum *Palais de Festival et Congrès* zu kommen, da es Schwierigkeiten mit der Jury gäbe. Unwirsch und missgelaunt sagte Gordon zu. Mit einem letzten Blick auf Ava zog er sich ins Bad zurück, und zehn Minuten später saß er auf einer Vespa, die ihn mit laut knatterndem Motor die Serpentinenstraße hinunter in die Stadt brachte. Sicherlich hätte er auch warten können, bis der Chauffeur so weit war, aber er wollte lieber allein fahren. Seinen Gedanken eine Auszeit gönnen, seine Gefühle in die richtige Position bringen. Dass sich Ava ihm bei diesem Spiel so hingegeben hatte, war nach all den Jahren beinahe zu viel für ihn. Er hatte es genossen, ohne Frage. Aber die Kraft, die diese Frau während dieser Stunden aufbrachte, diese Lust hatte ihn beinahe überfordert. Der Fahrtwind – heiß, wie er war – klärte nun seine Gedanken. Die Landschaft flog an ihm vorbei, doch er hatte kein Auge dafür. Dieses Gefühl, Ava endlich nahe zu sein, war überwältigend. Und die Störung durch die Festivalleitung war mehr als lästig. Trotzig dachte er darüber nach, dass er den Nachmittag lieber mit ihr verbringen würde als mit den alten Säcken, die sich fürchterlich wichtig nahmen. Er nahm die letzte Kurve in die Stadt hinein, und da lag das Palais auch schon vor ihm. Die Vorbereitungen für den morgigen Start des Festivals waren in vollem Gange, und die Arbeiter sahen ihm verärgert nach, als er mit seiner Vespa über den roten Teppich rollte, der an einigen Stellen noch Stolperfallen hatte.

28

Ava rekelte sich und griff auf die Seite, auf welcher sie Gordon vermutete. Doch sie war leer. Sie erhob sich, sah sich um, aber sie war allein. Also stand sie auf, ging in die Dusche und wusch sich den Schweiß ihres Spiels von der Haut. Das kühle Wasser holte die Erinnerungen an den Morgen zurück. Sie lehnte mit geschlossenen Augen an der Wand, und die Empfindungen überwältigten sie. Wieder schalt sie sich eine Idiotin, dass sie so lange gewartet hatte. Mit einem Handtuch bekleidet versuchte sie in ihrem Schrank ein Kleidungsstück zu finden, das den Temperaturen hier Genüge leistete. Jedoch war alles, bis auf ein ziemlich weit ausgeschnittenes Kleid, wenig geeignet, sich nicht ständigen Schweißausbrüchen hingeben zu müssen. Zähneknirschend nahm sie dieses Kleid und zog sich um. Die Sonne stand tief, als sie auf die Terrasse hinaustrat und beim Anblick des Pools erneut schmunzelte. „Na", hörte sie jemanden sagen, „endlich wach?" Ava sah sich um und sah, dass Brandon Cox auf einer der Pool-Liegen lag und sich einen Drink genehmigte. Er war seltsam blass, und auf seiner Stirn standen Schweißperlen. „Schon lange", antwortete sie und ging zu ihm hinüber, „aber es ist einfach zu heiß, als dass man sich draußen bewegen könnte." Brandon nickte. „Nichtsdestotrotz haben wir zwei Hübschen gleich noch etwas vor." Er schob sich eine Sonnenbrille auf die Nase und stand auf, dann nahm er sie, ihren Protest ignorierend, an die Hand und führte sie hinüber zur Garage. „Wir müssen doch das Interview vorbereiten." Ava seufzte theatralisch. „Sie sind ein Sklaventreiber." Brandon nickte, öffnete die Beifahrertür und ließ Ava einsteigen.

Ava erwachte mit Kopfschmerzen. In ihrem Magen rebellierte es, und ihre Glieder taten ihr weh. Ohne Schmerzen konnte sie kaum den Kopf heben, geschweige denn, die Augen öffnen. Aber sie musste es tun, denn irgendetwas sagte ihr, dass hier etwas nicht stimmte. Langsam öffnete sie ihre Augen und bereute es sofort. Das grelle Licht brannte wie Feuer und schickte einen Schmerz in ihr Hirn, der sie schwindlig werden ließ. Sie atmete schwer gegen diesen Schmerz an. Einen Augenblick später versuchte sie erneut die Augen zu öffnen. Langsam blinzelte sie gegen das grelle Licht an, und dieses Mal tat es nicht so weh. Ava erkannte den Boden zu ihren Füßen. Unbehauener grauer

Stein war da zu erkennen. Staubig und dreckig. Vorsichtig hob sie den Kopf, versuchte ihren Blick an diesem Licht vorbeizulenken und etwas mehr zu sehen. Stechender Schmerz fuhr ihr in die Schläfen, und sie musste kurz die Augen schließen. Zwischendurch versuchte sie sich zu bewegen, doch es funktionierte nicht. Über ihrem Schoß konnte sie ein Nylonseil erkennen. Sie zog an ihren Händen, aber außer, dass ein heftiger Schmerz durch ihren Oberkörper fuhr, passierte nichts. Sie war gefesselt. Der Raum war vergessen. Wie konnte das hier passieren? Sie sah weiter an sich herunter, und der Atem stockte ihr vor Angst. Ihr Kleid war zerrissen, es hing nur noch an ihren Schultern, ihre Brüste lagen frei, und diese waren ebenfalls mit einem Nylonseil gefesselt. Und dies wohl schon länger, der Farbe nach zu urteilen. Ihre Beine waren rechts und links an den Stuhlbeinen fixiert. Sie saß breitbeinig dort und präsentierte ihre Vagina jedem, der es sehen wollte. Ekel stieg in ihr auf, und sie versuchte, sich gegen die Fesseln zu wehren. „Versuch es erst gar nicht, du Miststück", sagte jemand aus dem grellen Licht heraus zu ihr, „die Fesseln sind so fest wie bei einem Überseepaket." Ihr Gegenüber lachte böswillig, und sie erkannte, zu wem das

Lachen gehörte. Brandon Cox. „Was soll das hier?", fragte sie mit erstickter Stimme. Ihr Mund war trocken, und sie hatte unerträglichen Durst. „Ich werde dir jetzt zeigen", sagte Cox, „was es heißt, wenn du meinen besten Freund dazu bringst, mir die Freundschaft zu kündigen, und dass nur, weil er dich ficken will." Das grelle Licht wurde ausgeschaltet, und Cox stand direkt vor ihr. Er hielt ihr einen Becher mit kaltem Wasser an die Lippen, und Ava trank mit gierigen Schlucken. Die Kühle rann ihr die Kehle hinunter und vertrieb die Übelkeit aus ihrem Magen. Cox trat einen Schritt zurück und setzte sich laut ächzend auf einen wackligen Holzstuhl. Ava beobachtete ihn dabei, wenn auch das schwammige Gefühl in ihrem Kopf verhinderte, dass sie einigermaßen geradeaus sehen konnte. Mal von ihrer eigenen, äußerst beschissenen Situation abgesehen, stimmte mit diesem Mann auf dem Stuhl etwas nicht Er sah käsig aus und hielt sich mit schmerzverzerrtem Gesicht die Schulter. Ava konnte es egal sein, wie es dem Mann ihr gegenüber ging, aber aus dieser Beobachtung schöpfte sie aus dem Tiefsten ihres Innern die Hoffnung, dass das hier – was immer es auch sein sollte – schnell beendet wurde. Sie fühlte sich klebrig und schmierig. Ihr

Haar fiel ihr bei jeder noch so sachten Bewegung ins Gesicht und erschwerte ihr, sich im Raum umzusehen. Nicht nur der Boden war staubig, dieser Ort war Staub. Sie blinzelte mit den Augen, damit sie die Umrisse ihres Gefängnisses erkennen konnte, aber es fiel ihr schwer zu sagen, wo dieser Raum – besser diese Halle – aufhörte. Ava sah hohe graue Wände mit schmutzigen Oberlichtern. Über ihrem Kopf führten Rohre an der Decke entlang und verschwanden mit ihren Öffnungen in den Wänden. „Eine Lagerhalle", dachte sie resignierend. Dieses verfluchte Ding konnte überall und nirgends stehen. Wie war sie hierhergekommen? Sie versuchte sich den Moment in ihre Erinnerung zurückzuholen, der sie hierhergebracht hatte. Es gelang ihr leidlich.

29

Die Sitzung hatte länger gedauert, als er es erwartet hatte. Es gab eigentlich kein Problem, das die Festivalleitung nicht selbst hätte lösen können. Trotzdem hatte der Direktor stundenlang darüber Vorträge gehalten, welche Schande man von diesen renommierten Filmfestspielen abwenden musste. Gordon hatte mehrfach demonstrativ auf seine Uhr gesehen, doch dieser Kerl, der es für das Größte hielt, wenn man ihm zuhören durfte, hatte sich fürchterlich in Rage geredet.

Nach vier Stunden war Gordon aufgestanden, hatte diesem Wichtigtuer gesagt, er solle sich bei ihm melden, wenn ihm eine Lösung eingefallen wäre, und war dann zurückgefahren. Er war verärgert. Dieser Nachmittag hätte ein weiterer Schritt hin zu einer echten Beziehung mit Ava sein können. Und hier trat das nächste Ärgernis auf die Bühne. Ava war nicht da. Er hatte überall im Felsenhaus nach ihr gesucht, und nachdem er ihr Handy auf dem Tisch neben ihrem Bett fand, war er unruhig. Ava ging niemals ohne ihr Handy. Man konnte sie sogar auf der Toilette erreichen. Ava ohne ihr Telefon war undenkbar. Und Cox war auch verschwunden. Warum hatte diese blöde Ziege von der Festivalleitung ihn nicht auch angerufen? Gordon setzte sich in einen der dicken Sessel in ihrem Zimmer und wartete. Als sie sich nach zwei Stunden immer noch nicht meldete, dafür aber ihr Handy unentwegt läutete, erhob er sich, ging hinüber ins Büro und wählte die Notrufnummer. Nach einigem Hin und her mit der

Dame am Amt wurde er zu einem Inspektor durchgestellt, dessen französischen Akzent er schon in dem Moment hasste, als dieser ihm seinen Namen nannte. Kurz erläuterte er die Situation, und eine halbe Stunde später stand der Polizeibeamte mit seinem Assistenten im Schlepptau in Gordons Büro.

„Sie wissen", sagte der Inspektor, während er sich umsah, „dass Sie normalerweise 24 Stunden warten müssen, bevor Sie eine Vermisstenmeldung aufgeben können?" Er dehnte die Worte auf entsetzliche Art und Weise, sein Akzent verursachte Gordon Schauer, die ihm über den Rücken liefen. „Das weiß ich", antwortete er unwirsch, „aber hier handelt es sich um eine Frau, die nicht mal ein Sandwich zu sich nimmt, ohne dies auf einem Notizblock für jeden sichtbar zu notieren." Gordon war verärgert. Nicht nur, dass dieser Mensch gelangweilt hier herumstand, er machte keinerlei Anstalten, überhaupt etwas zu tun. Der Inspektor hatte bisher nicht einmal nach ihrem Namen gefragt, geschweige denn, ihre Beschreibung aufgenommen. Das hier würde eine lange Geschichte werden, dachte er und rieb sich über die Augen. Der Inspektor beobachtete ihn und bat Gordon dann, ihm Avas Zimmer zu zeigen. Dort angekommen, heuchelte der Beamte ein wenig Interesse. „Wie stehen Sie zu Ms …?" Er unterbrach sich und sah Gordon fragend an.

„Ms Ava Fisher", warf Gordon ein.

„Also: Wie stehen Sie zu Ms Fisher?"

Gordon räusperte sich und gewann einen Moment, in dem er sich dafür entschied, die Wahrheit zu sagen. „Sie arbeitet seit fünf Jahren für mich als meine persönliche Assistentin… Seit ein paar Tagen sind wir auch privat verbunden." Der Inspektor drehte sich abrupt um. „Erst seit ein paar Tagen? Oh … mon Dieu. Hier in Frankreich geht das schneller." Der Mann kicherte leise und sah sich dann weiter um. Gordon ärgerte sich maßlos. Indirekt hatte dieser Mensch gerade Avas Behauptung bestätigt, dass Vorgesetzte mit ihren Assistentinnen eine Beziehung einzugehen hatten. Und dass dieses Vorurteil in allen Vorzimmern dieser Welt zu Hause war. „Was werden Sie jetzt tun?", fragte er, um Fassung bemüht. „Nichts." Die Antwort fiel kurz und knapp aus und brachte Gordon zum Kochen. „Nichts? Warum sind Sie dann hier?" Er war lauter geworden, als er es beabsichtigt hatte, und die Reaktion des Beamten fiel dementsprechend aus. „Wir nehmen den Vorfall auf, warten eine Zeitlang und sehen dann weiter. Wir sind nur hier, weil Sie Ausländer sind und die Leute ein wenig nervös wegen der Festspiele sind, aber mehr können wir im Moment nicht tun." Gordon ballte die Fäuste, und der Inspektor, dem diese Geste nicht entging, zog pikiert die Augenbraue hoch. „Sie sollten froh sein, dass wir überhaupt gekommen sind." Der Beamte deutete eine Verbeugung an. „Monsieur." Mit schnellen Schritten hatten er und sein Assistent einen Augenblick später die Villa verlassen. Das durfte doch nicht wahr sein? Gordon stapfte wütend durch das Zimmer, in dem er noch vor Stunden mit Ava zusammengelegen hatte. Die wollten einfach nichts tun? Warten? Einfach nur abwarten?

30

Sie hatte das Gefühl für Zeit verloren. Ihr war immer noch schwindlig von dem, was ihr für Stunden die Besinnung geraubt haben musste, und sie musste gegen die immer wieder aufkeimende Übelkeit ankämpfen. Ab und an gab ihr Cox einen Schluck Wasser zu trinken, doch die meiste

Zeit saß ihr der Regisseur gegenüber und brütete stumpf vor sich hin. Seine Stirn war schweißnass, und dass, obwohl es hier in dieser Halle nicht übermäßig heiß war. Seine Haut glänzte speckig, und die Ringe unter seinen Augen waren nicht zu übersehen. Skeptisch beobachtete sie, dass er immer wieder eine Dose aus seiner Jacketttasche zog und diverse Pillen einwarf. Cox keuchte bei jeder Bewegung, und sein schmerzverzerrtes Gesicht machte Ava mehr Angst als ihre eigene Situation. Ihre Beine waren eingeschlafen und kribbelten vor sich hin, genauso wie ihre Arme. Immer wieder versuchte sie, wenigstens die Finger zu bewegen. Ihre Brüste schmerzten und hatten sich in ein ungesundes Blau verfärbt. Wie lange wollte er ihr das hier noch antun? Wollte er sie umbringen? Nein, dann hätte er es schon längst getan. So weit war sie in ihren Überlegungen schon. Ava hatte es vermieden, mit Cox zu sprechen. Als sie es einmal versuchte, schlug er sie ins Gesicht. So fest, dass es in ihrem verkrampften Nacken knackte. Er lachte laut und musste sich danach abstützen. Also beschränkte sich Ava darauf, das Licht vor den Fenstern zu beobachten. Mittlerweile war es dunkel geworden, und Cox hatte den Scheinwerfer wieder angestellt, dieses Mal schien er jedoch nicht direkt in ihr Gesicht, sondern erhellte den Rest der Halle. „Hat er dich schon angepisst?", fragte Cox keuchend, und als Ava den Kopf hob, weil sie nicht verstand, was er von ihr wollte, kicherte er, als wäre er dem Wahnsinn verfallen. „Ja", sagte er leise und nachdenklich, „er pisst gerne auf seine Fickbekanntschaften. Lange und ausgiebig. Erstaunlich, bei einem Sack seines Alters. Man sollte meinen, seine Prostata macht das Spiel nicht mehr mit … Aber sie tut es, und er bepisst seine Weiber von oben bis unten und holt sich dann einen runter." Cox beendete seinen Monolog, indem er wieder kicherte. Avas Übelkeit verstärkte sich. Warum tat Cox das? Es konnte sich doch nicht nur um Rache handeln? In den kommenden Stunden würde sie sich noch weitere „Freundlichkeiten" von ihm über Gordon anhören dürfen, und sie hoffte, dass sich diese Stunden nicht unendlich hinziehen würden. Irgendwann würde Gordon bemerken, was geschehen war, und er würde dafür sorgen, dass man sie fand. Ganz bestimmt.

31

Gordon lief unruhig in der Villa auf und ab. Er hatte die Lichter nicht angeschaltet, damit er sein Gesicht nicht zufällig in einem der vielen Spiegel hier im Haus sehen musste. Er wusste, was er dort sehen würde. Seine Angst. Und genau davor fürchtete er sich. Er wollte diese Angst um Ava nicht sehen. Es reichte schon, dass er sie fühlte. Die Beamten hatten sich nicht mehr gemeldet, Cox war ebenfalls nicht aufgetaucht, mit den Angestellten, die hier in der Villa leise vor sich hinarbeiteten, wollte und konnte er nicht reden. So führte er Zwiegespräche mit seinem Selbst, während er durch die Dunkelheit stapfte. Es war kühler geworden, wenigstens etwas, als er hinaus auf die Terrasse trat und seinen Blick hinunter auf Cannes warf. Zu jedem anderen Zeitpunkt hätte ihn der Anblick dieser Stadt und ihrer Lichter in der Nacht beeindruckt. Heute Nacht nahm er ihn einfach hin. Wo verdammt noch mal war Ava?

32

Sie war eingenickt. Ein Geräusch hatte sie geweckt, und als sie mit verschlafenem Blick aufsah, blinzelnd und zuerst nicht wissend, was geschehen war, sah sie, wie Cox auf dem Boden lag. Die Angst, dass niemand dort draußen nach ihr suchen würde und dass sie hier mit diesem Widerling wahrscheinlich sterben würde, stieg schlagartig in ihr auf. Brandon Cox lag auf dem Rücken, starrte auf die Rohre an der Decke, und als er hörte, wie Ava sich rührte, wand er den Kopf und grinste sie schräg an. „Soll man nicht glauben", sagte er leise zu ihr, „dass man sich vorstellen müsste, irgendwann mal auf dem dreckigen Boden einer Lagerhalle verrecken zu müssen." Er kicherte heiser und sah wieder auf die Rohre über ihm. Scheinbar teilnahmslos starrte er dort hinauf, seine Augen auf einen Punkt fixiert, während seine Brust sich unter seinem schweren Atem hob und senkte. Plötzlich ging ein Ruck durch ihn, der ihn mehr Kraft kostete, als man vermuten konnte, und er richtete sich langsam auf, ging in den Vierfüßlerstand und schob seinen Körper in eine aufrechte Position. Langsam, weil es sich immer wieder in seinem Kopf drehte, erhob er sich nun vom Boden, blieb einen Moment stehen und kam auf Ava zu. Schritt für Schritt, als müsse er jede Handlung mit Bedacht und nach einem bestimmten Schema durchführen, kam er zu ihr. Seine rechte Hand fuhr in seine Hosentasche und holte ein Taschenmesser daraus hervor. Seine linke baumelte an seiner Seite, als würde sie nicht mehr zu diesem Mann gehören. „Wir sollten diesen Spaß mit deinen Titten beenden", sagte er leise und vollkommen außer Atem. Mit schlurfenden Schritten trat er hinter sie, und einen Ruck später, fielen die Seile von ihrem Körper. Ava schrie leise auf, als das Blut zurück in ihre Brüste strömte. Es kribbelte, es schmerzte und es machte sie beinahe verrückt. Sie saß auf ihrem Stuhl und zappelte, versuchte die Fesseln weiter zu lösen, doch Hände, Beine und ihr Rumpf waren festgeschnallt. Ihre Bemühungen hatten zur Folge, dass sie sich einen Krampf im Oberschenkel einfing, der ihr zusätzliche Schmerzen bereitete. Der Regisseur, der hier seinen eigenen speziellen Film zu drehen schien, lachte kurz auf, um dann an einem Hustenanfall beinahe zu ersticken. Ava liefen Tränen über die Wangen. Sie spürte, wie Cox sich auf ihren nackten Schultern abstützte, und sah mit tränenverschleiertem Blick auf. Er hustete, und Blut lief ihm zwischen den Fingern seiner Hand, die er vor seinen Mund hielt, hindurch. Blut. Frisches, rotes Blut. Die Angst steigerte sich in Panik, und Ava schrie und kreischte so laut, dass es in dem großen Lagerraum nur so widerhallte. Cox stand vornübergebeugt und wischte sich den Mund ab. Er sah sie kurz von der Seite an, grinste breit und fiel dann zu Boden, wo er regungslos liegen blieb.

33

Die Nacht machte den ersten Sonnenstrahlen des nächsten Tages Platz. Gordon Sumner hielt sein Glas fest umklammert und starrte Löcher in die Luft. Er hatte kein Auge zugetan in dieser Nacht. Der Gedanke, dass Ava etwas zugestoßen war, hatte ihn jedes Mal, wenn ihn die Müdigkeit oder der Alkohol, außer Gefecht setzen wollte, laut daran erinnert, dass er nicht schlafen durfte. Womöglich hätte er etwas verpasst. Womöglich hätte er den Moment verpasst, in welchem sie lachend zurückgekommen wäre. Den Moment verpasst, in welchem sie ihm um den Hals gefallen wäre und ihm gebeichtet hätte, dass sie sich verlaufen hätte und jetzt endlich einen Taxifahrer gefunden hätte, der noch immer auf seine Bezahlung warten würde. Er hätte womöglich den Moment verpasst, in welchem er ihr lachend einen Klaps auf den Hintern gegeben hätte, um dann hinauszugehen, um die vollkommen überhöhte Rechnung des Fahrers zu begleichen. Und um diesen Moment nicht zu verpassen, hatte ihm sein Verstand verboten zu schlafen. Ein Geräusch drang an sein Ohr, leise zunächst, aber da. Doch dieses Geräusch schaffte es nicht, auch nur an sein Bewusstsein zu dringen. So stand er in der Küche, das Glas immer noch fest umklammert, und das Geräusch wurde eindringlicher. Jetzt hob er den Kopf und lauschte, suchte die Richtung, aus der das Geräusch kommen mochte. Doch immer noch verstand er nicht, dass es das aufdringliche Klingeln eines Handys war. Als ihm endlich der Zusammenhang klar wurde, machte er sich auf die Suche. Es war nicht sein Klingelton und der von Ava ebenso wenig. Langsam bewegte er sich durch die Räume. Alkohol und Müdigkeit sorgten dafür, dass er schwankte, unsicher auf den Beinen war. Das Klingeln verstummte und machte einem steten und enervierenden Piepsen Platz. Suchend sah er sich um. Dieser noch aufdringlichere Ton kam aus dem ersten Stock. Aus dem Zimmer seines Freundes Brandon

Cox. Warum ging er nicht dran? Und dann fiel es Gordon ein. Auch Brandon war nicht hier. Vorsichtig stieg er die breite Treppe hinauf, folgte dem Geräusch und fand das Handy auf einem kleinen Beistelltisch. Er sah auf das Display und stutzte. Dann drückte er die Rückruftaste, und einen Augenblick später war eine der Assistentinnen von Cox hier in Frankreich in der Leitung. Zuerst verstand er nicht, warum sie unbedingt wissen wollte, ob dem Meister die Lokation, die sie gestern in aller Eile für ihn suchen und buchen sollte, gefallen hätte. Schließlich würde der Cutter bereits auf das zu schneidende Material warten. Gordon war verwirrt und ließ sich die Geschichte von der jungen Frau erklären. Fünf Minuten später saß er auf seiner Vespa und fuhr zu der angegebenen Stelle. An einer Ampel zückte er sein Handy, wählte die Nummer des Inspektors und gab diesem die Adresse durch. Gordon fand Ava auf dem Stuhl in der Halle. Gefesselt, mit verweinten Augen, zusammengesunken. Zu ihren Füßen lag sein Freund. Regungslos. Eigentlich hätte er auf sie zustürzen müssen. Eigentlich hätte er rennen müssen, um sie aus ihrer Lage zu befreien. Doch ihr Anblick und der Mann zu ihren Füßen lagen wie in einer Zeitblase vor ihm. Er meinte zu rennen, er glaubte, dass er auf dieses Bild des Grauens zustürzte. Doch in Wirklichkcit ging cr langsam darauf zu. Fassungslos über die Vorstellung, was Ava in dieser Nacht ausgehalten haben musste. Sie saß vornübergebeugt, ihr Kleid hing in Fetzen von ihrem Körper, und ihre Hände waren auf dem Rücken festgebunden. Je näher er kam, desto mehr musste er von dem grausamen Bild in sich aufnehmen. Noch einen Schritt, dann war er bei ihr. Noch eine kleine Bewegung und er konnte sie halten und befreien. Ava blickte auf, und als sie Erkannte, wer da auf sie zukam, schluchzte sie auf. Gordon ging vor ihr auf die Knie, löste die Fesseln, und das, was dann geschah, überstieg seine Vorstellungskraft. Innerhalb der nächsten Minuten stürmte eine Hundertschaft der Polizei in die Halle, stieß Gordon beiseite, stieß Cox an und befreite Ava. Hilflos stand Gordon dabei, als sie Ava auf einer Trage hinausfuhren. Er beantwortete Fragen des Inspektors und sah ihr nach. Sie lächelte schwach, dann war sie verschwunden. „Sie wird jetzt untersucht", sagte der Inspektor und sah Gordon an, der nicht sofort reagierte und immer noch auf die Tür starrte, hinter der Ava verschwunden war. „Mr. Sumner?", sprach er ihn erneut an, und nun reagierte Gordon.

Er nickte. „Wir bringen Sie zu ihr ins Hospital." Der Inspektor winkte einem seiner Leute, der kam herüber und führte Gordon am Arm hinaus an die frische Luft. Für einen Moment schwankte der große Mann, und der kleinere Beamte neben ihm fürchtete, dass er ihn nicht würde auffangen können, wenn er nun zusammenbrach. Doch Gordon fing sich, stieg in den Wagen und ließ sich zum Krankenhaus fahren. Und nachdem Ava untersucht und kurz vernommen worden war, wich er nicht mehr von ihrer Seite.

34

Ava zog die Decke, die sie sich um die Schultern gelegt hatte, etwas fester um sich. Es war kühl hier auf Alderney, und dass, obwohl es schon Sommer war. Die letzten zwei Monate waren die seltsamsten in ihrem Leben. Und obwohl sie sich in den ersten Tagen hier in dieser Abgeschiedenheit dagegen gewehrt hatte, musste sie nun zugeben, dass sie diese Erholung der besonderen Art dringend nötig hatte. Die Luft war heute Morgen noch klarer als in den letzten Tagen, und das Wasser, das an den Strand schlug, aufgepeitscht vom Sturm der letzten Nacht. Sie stand auf der kleinen Terrasse, die eigentlich keine war, und sah hinunter. In der Ferne konnte sie die „Jungs" bei ihrem morgendlichen Spiel mit Gordon hören. Hier auf Alderney, der Kanincheninsel, schien es das Paradies für Hunde zu sein. Vor allem, wenn diese Hunde Jagdhunde waren. Gordon und seine Jungs genossen dieses Eldorado auf ihre Weise. Ava sah sich kurz um, doch die Meute war noch nicht zu sehen. So schaute sie weiter den Wellen dabei zu, wie sie auf die Felsen aufschlugen, und wartete. Nachdem man sie damals in die Klinik zur Untersuchung und zur anschließenden Vernehmung gebracht hatte, war sie von den Vorkommnissen so benebelt, dass sie kaum denken konnte. Sie war einfach nur froh, dass es vorbei war. Gordon hatte in den darauffolgenden Stunden ein Organisationstalent an den Tag gelegt, das sie so bei ihm nie erwartet hatte. Sie war froh und dankbar, dass sie weder denken noch handeln musste und sich ganz in seine Obhut begeben konnte. Der Inspektor der örtlichen Polizei in Cannes war zwar freundlich bemüht, sie nicht allzu sehr mit seinen Fragen zu quälen, aber es gelang ihm leidlich. So durchlebte sie in dieser Fragestunde die Qualen und Schmerzen noch einmal. Man sagte ihr, dass Cox an einem Aneurysma verstorben war. Es hatte sich angekündigt durch die Schmerzen, aber der *Franzose* war von Rückenschmerzen ausgegangen und hatte versucht, die Beeinträchtigungen durch die Einnahme entsprechender Mittel zu lindern oder gar zu ignorieren. Eine Zeitlang war ihm dies gelungen. Bis zu dem Moment, in welchem er neben Ava zusammenbrach und für einen Großmeister des Films ziemlich unprätentiös starb. Sicherlich, so fügte der Inspektor nachdenklich hinzu, hätte Cox sich einen anderen Tod gewünscht als diesen peinlichen letzten Auftritt. Sobald klar war, dass Ava keinerlei körperliche Schäden davongetragen hatte, trat Gordon auf den Plan. Er ließ die Felsenvilla räumen, ihre und seine Koffer zum Flughafen bringen, organisierte einen Flug mit einer Privatmaschine von Cannes nach *Saint Malo* und von dort mit einem Hubschrauber, der sie nach Alderney brachte. Ein Freund Gordons stellte ihm sein Haus und das dazugehörige Personal für die nächsten Tage und Wochen zur freien Verfügung. Es war eine Wohltat, aus der Hitze Cannes herauszukommen und die frische Seeluft des Golfstroms genießen zu können. Die Luft war wesentlich klarer, somit auch kühler und die Landschaft noch nicht von der Sommerhitze so verbrannt wie die am Mittelmeer. Die nächsten Tage schlief Ava viel. Das große Panaromafenster in ihrem Zimmer war tagsüber weit geöffnet, und sie konnte, wenn sie wach war, den herrlichen Ausblick genießen. Überall blühten Rhododendronsträucher und verbreiteten ihren wunderbaren Duft. Am dritten Tag tauchte ein weiterer Gast auf. Doch zunächst bekam sie diesen nicht zu sehen. Sie wollte es auch nicht. Sie wollte und konnte nicht sprechen und versuchte in dieser Zeit, mit ihren Gedanken ins Reine zu kommen. Sie litt. Nicht mehr unter dem, was ihr zugestoßen war, obwohl alles, was danach folgte, eine direkte Reaktion darauf war. Sie litt, weil Gordon litt. So oft, wie er konnte, war er bei ihr, und wenn er es nicht konnte, beschränkte er seine Abwesenheit auf ein Minimum.

35

Er war da und war es doch nicht. Gordon sah sie immer mit besorgter Miene an und wagte es nicht, ihr körperlich nahezukommen. Keine Berührung, von Sex überhaupt nicht zu reden. Er war um sie herum, und als es ihr endlich gelang zu reden, hörte er zu. Aber er berührte sie nicht. In seinem Zimmer, das entgegengesetzt zu ihrem lag, schlief und arbeitete er. Er schlief bei angelehnter Tür, damit er sie hörte, wenn sie aus ihren Träumen schreiend erwachte. Aber er berührte sie nicht. In den Jahren, in denen sie sich ihm verweigerte, hatte er sich nicht darum geschert, dass es sich „nicht gehörte". Er küsste sie dankbar auf die Stirn, wenn sie ihm mal wieder eine seine Ex-Freundinnen vom Hals hielt. Er drückte und umarmte Ava, wann immer ihm danach war. Sie gestattete ihm diese Ersatzbefriedigung und fühlte sich wohl dabei. Aber nicht einmal mehr das tat er mit ihr. Wenn er zufällig ihre Hand berührte, zuckte er zusammen, wie nach einem elektrischen Schlag. Berührten sich ihre Körper versehentlich, war er wie die Katze auf dem Sprung zum nächsthöheren Ast im Baum. Er schlich um sie herum und wagte es dennoch nicht, sie anzufassen.

Sie litt. Sie vermisste seine Wärme, seine Nähe, und doch fand sie keinen Weg, an ihn heranzukommen. Ava ahnte, dass es seine Art der Vorsicht war. Denn wenn sie sich nähergekommen wären, würde er sich nicht mehr zurückhalten können. Und mit Schuldgefühlen, sie überfordert zu haben nach dieser Sache in Cannes, damit wollte sie ihn nicht leben lassen. Der Wind frischte ein wenig auf und wehte ihr die Haare ins Gesicht. Sie schüttelte den Kopf und sah zur Seite. Ein paar Meter neben ihr stand der andere Gast in diesem Haus. Vor einer Woche hatte sie angefangen, mit ihm zu reden. Gordons Kontakte waren wirklich bemerkenswert. Wie sonst war zu erklären, dass ein hochdekorierter Therapeut aus London wochenlang neben ihr saß und darauf wartete, dass sie begann, über ihr Erlebnis zu sprechen. Sie wollte sich die Höhe der Rechnung, die er stellen würde, nicht mal annähernd vorstellen. Ava lächelte ihn an und tat ein paar Schritte auf ihn zu. „Haben Sie gut geschlafen", fragte er sie, ein Lächeln um seine Lippen. Ava nickte. „Hab ich, Andrew. Hab ich tatsächlich."

„Ich mag die Inseln", sagte er und richtete seinen Blick hinaus aufs Meer. Ein paar Fischerboote kamen von ihrer Fangreise zurück und grüßten per Nebelhorn die Wartenden im Hafen. „Ich mag die Stürme, ich mag die Luft." Ava schmunzelte und zog sich die Decke noch etwas fester um die Schultern. Das Gebell der Hunde kam näher, und zwischendurch konnte man Gordons Kommandos hören. „Er dreht seine Runde?“, fragte Andrew und Ava nickte.

„Ich hab eh nie verstanden, wie er das macht. Eigentlich gehört er gar nicht in die Stadt. Gummistiefel und Regenjacke. Das sind seine Dinger“, sagte Ava nachdenklich, und Andrew lachte leise. „Die Gegensätze, Ava … die haben es ihm immer schon angetan, und außerdem kann er sein Gegenüber so in die Irre führen. Ziemlich tricky, finden Sie nicht?“ Sie nickte sacht. „Glauben Sie“, fragte sie leise, „er wird sich je wieder trauen, mich anzufassen?“

Andrew schob die Hände tief in die Hosentaschen. „Frisch hier draußen.“

„Lenken Sie nicht ab.“ Ava sah den Mann an ihrer Seite breit grinsend an. Aber Andrew wollte sich um eine Antwort herumwinden.

„Ich weiß es nicht, Ava. Ich kann Ihnen auch als Therapeut nicht sagen, ob er es jemals von allein tun wird oder ob Sie ihn dazu animieren müssen. Er hat Angst, dass er Sie überfordert. Gordon weiß, dass Sie den Unterschied zwischen guten und schlechten Fesseln kennen. Aber er hat das Vertrauen in diese Fesseln verloren.“

Ava hängte sich bei Andrew ein und gemeinsam gingen sie zurück zum Haus.

„Wissen Sie", Ava war in der Tür stehen geblieben und starrte nachdenklich in den Raum, „für mich waren diese Fesseln immer ein Stück Freiheit. Ich konnte mich damit beweisen; mich auf andere Sphären begeben. Klingt das komisch?"

Andrew schüttelte den Kopf. „Nein, ganz und gar nicht. Es muss sich dabei nicht einmal um Grenzerfahrungen handeln, die durch Extremsituationen wie Atemreduktion hervorgerufen wurden. Allein das Machtgefälle kann solche Gefühle bereits hervorrufen." Ava nickte zur Bestätigung ihrer Vermutung. „Und genau das Gefühl ist mir abhandengekommen." Sie wand sich ab und setzte sich in ihre Decke eingehüllt in einen der Sessel. Andrew nahm ihr gegenüber Platz und stützte sein Gesicht auf seine Hände. „Ava", begann er langsam, „ich habe Sie als Frau kennengelernt, die ein schreckliches Erlebnis hinter sich gebracht hat, und das nur, weil ein Narzisst der Meinung war, er hätte nicht mehr den Stellenwert, den er innehaben zu glauben musste. Sie haben sich erstaunlich schnell von diesem Erlebnis erholt, und ich denke, Sie werden in Zukunft wieder die ‚Alte' sein. Wenn auch um eine Erfahrung reicher, die Ihnen niemand gewünscht hätte, diese zu machen. Aber *meine* Erfahrung sagt mir, auch wenn Sie mir das jetzt nicht glauben werden, dass Sie sich wieder genau diesen Sphären hingeben werden können. Sie werden sie wieder erreichen, wenn auch auf etwas mühsamerem Weg, als das bisher der Fall war." Ava schüttelte den Kopf. „Das ist nicht der einzige Punkt …", sagte sie nachdenklich und zog die Beine unter der Decke an ihren Körper. Nun sah sie noch verletzlicher aus, als sie es mit ihrer zarten Statur eh schon tat. „Ich glaube oder vielmehr habe den Verdacht, auch wenn es nicht wahr sein sollte, aber ich werde dieses unbestimmte Gefühl nicht mehr los", sie suchte nach Worten, damit diese Worte nicht Gefahr liefen, jemanden zu verletzen, „ich fürchte, dass Gordon sich vor mir ekelt."

36

„Wie kommst du denn auf den Blödsinn", fragte eine Stimme aus dem Hintergrund. Gordon hatte das Haus unbemerkt durch die Haustür betreten, die auf der gegenüberliegenden Seite des Wohnzimmers lag und die Hunde machten eine letzte Runde durch den Garten. Jetzt stand er mit gesenkten Schultern und hilflosem Gesichtsausdruck im Türrahmen und starrte auf das Häufchen Frau, das sich im Sessel zusammenkauerte. „Du berührst mich nicht mehr. Gar nicht mehr." Ava sah ihn traurig an, und ihre Worte waren wie eine Ohrfeige für ihn. Er schluckte, sah kurz auf Andrew, der sich nun schweigend erhob und hinaus auf die Terrasse ging. Das hier, das war eine Sache, die nicht mit therapeutischer Hilfe zu lösen war. Das mussten Ava und Gordon unter sich ausmachen. „Weißt du was passiert, wenn ich dich anfasse? Egal wie?", fragte Gordon leise und ging auf sie zu. Ava schüttelte sacht den Kopf. „Dann hänge ich dich an den Füßen auf und fall wie ein Aasgeier über dich her." Gordon war vor ihr auf die Knie gegangen, und Ava beugte sich vor, legte ihm eine Hand auf die Wange. „Gefährlich, Ava, sehr gefährlich." Das Lächeln um seine Mundwinkel strafte seine Aussage Lügen, und sie schmunzelte. „Und wenn ich genau das von dir will? Dass du über mich herfällst?", fragte sie leise.

„Das würdest du wahrscheinlich nicht überleben." Er nahm ihr Gesicht in seine Hände und küsste sie auf die Stirn. „Das muss fürs Erste reichen, und ich geh jetzt kalt duschen und mich kastrieren." Ruckartig stand er auf und verschwand. Die Dusche wirkte nicht mehr. Warum auch? Hatte sie noch nie getan. Zitternd vor Kälte hüllte er sich in ein großes Badelaken und stand vor dem Spiegel. Ava irrte sich. Wie konnte sie nur auf den Gedanken kommen, dass er sich vor ihr ekelte? Lachhaft. Aber er konnte sie nicht anfassen. Er wollte, doch jedes Mal, wenn er daran dachte, dann verlor er fast den Verstand. Jedes Mal, wenn er sich das Bild vorstellte, wie er sie liebte, wie er sie hielt, dann stand im Hintergrund eine weitere Person. Jemand, der ihm vor langer Zeit viel bedeutet und dem er diesen ganzen Mist zu verdanken hatte.

Sobald sich Gordon vorstellte, dass er sich Ava näherte, stand Brandon Cox lachend im Hintergrund und erzählte ihm, wie er sie mit Chloroform betäubt hatte, als sie ins Auto einsteigen wollte, welches Geräusch ihr Kleid gemacht hatte, als er es zerriss, und wie es sich anfühlte, als er ihr die Fesseln auf dem Stuhl anlegte. Und er lachte dabei wie ein Irrer. Wenn Gordon seiner Fantasie dann doch dahingehend freien Lauf ließ, dass er sich vorstellte, mit Ava zu schlafen, stand Cox im Hintergrund und beobachtete ihn. Andrew sagte, dass Gordon Schuldgefühle mit sich herumtrug. Es war sein Freund, der seiner Geliebten, das angetan hatte. Es war seine Freundschaft, die beendet wurde, als er die Dame auf das Schachbrett legte. Es war die Rache seines Freundes, und sie war gelungen. Denn Gordon fragte sich ständig, was passiert wäre, wenn …

Er zog sich an und beschloss, dass es das Beste wäre, wenn er Ava den Rest des Tages aus dem Weg gehen würde. Und er schaffte es tatsächlich. Erst zum Dinner trafen sich die drei Personen, die in diesem Haus weilten, wieder. Und alle drei gaben sich besonders viel Mühe, die Szene vom Morgen zu umschiffen. Es gelang leidlich und zum Glück fühlte sich keiner der Drei peinlich berührt. Pluspunkt für die aktive Kommunikation, wie Andrew zu sagen pflegte. Es war spät geworden, als Gordon sich endlich zu

Bett begab. Die kleine Nachttischleuchte an seinem Bett spendete gerade so viel Licht, dass er es schaffte, noch ein paar Unterlagen durchzugehen. Er war müde, aber er wollte vermeiden, dass er zu früh einschlief. Denn wenn er sich den Schlaf gönnte, den er brauchte, dann würde die Zeit, die Brandon Cox in seinem Kopf herumspukte, viel zu lang werden. So quälte er sich durch die Dokumente, rieb sich die Augen, rückte die Lesebrille alle paar Minuten zurecht. Es half jedoch nichts, denn er konnte sich nicht konzentrieren. Für einen Moment lehnte er den Kopf an der Wand hinter ihm an und schloss die Augen. Ein leises Geräusch ließ ihn aufblicken. Vor ihm stand Ava, und der Seidenmantel, den sie gerade noch über ihren Schultern trug, glitt ihr langsam herab. Sie öffnete den Zopf in ihrem Nacken, und die dunkelbraune Pracht verteilte sich schwungvoll über ihren Schultern. „Ava, was tust du da", fragte er traurig. Ihre nackte Haut glänzte im schwachen Schein der kleinen Lampe, als sie zu ihm auf das Bett kletterte. „Ich bin's leid", sagte sie und räumte die Unterlagen zur Seite, hob die Laken an und legte sich über ihn. „Ich bin es leid, da drüben zu liegen und mich zu fragen, ob wir das noch mal hinbekommen. Ich bin es leid, mich zu fragen, ob dieser Arsch ab jetzt ständig zwischen uns steht. Ich will es endlich wissen." Ihr Körper strich sacht über seinen, ihre Brüste berührten seinen Oberkörper und Gordon schloss die Augen. Dieses Gefühl war so gut. Viel zu gut. „Lass uns einfach klein anfangen", sagte sie so leise, dass er glaubte, es nicht gehört zu haben. „Glaubst du, dass wir das schaffen?" Schon reagierte sein Körper, und als er sprach, konnte sie die Anstrengung in seiner Stimme hören, die es ihn kostete, sich zurückzuhalten. „Frag den Arsch. Er steht da drüben in der Ecke und amüsiert sich köstlich über uns." Ava lachte leise, beugte sich über ihn, und wieder strichen ihre Brüste über seine Haut. Sie küsste ihn sanft auf die Lippen, und er erwiderte ihre knabbernden kleinen Küsse. Ava richtete sich auf und saß auf seinen Beinen. „Siehst du, was du angerichtet hast?", fragte er leise und sah an sich herunter. Sein Penis hatte sich bereits aufgerichtet und lugte nun zwischen ihren Beinen hervor. „Das sollte das geringste unserer Probleme sein", antwortete Ava. Sie hob ihren Hintern etwas an, richtete seinen Penis aus und glitt mit ihrer Vagina darüber. Gordon stöhnte laut auf. Es tat so gut, sie wieder zu spüren. Es war himmlisch, von ihr wieder auf diese Art empfangen zu werden. Die letzten Tage und Wochen waren die Hölle für ihn. So nah und doch so fern. Ava kreiste leicht mit ihrem Becken über seinem Penis, ließ ihn ab und an ihre inneren Muskeln spüren. Sie griff nach seinen Händen und führte sie an ihre Brüste, und Gordon griff zu, massierte das feste Fleisch und glitt augenblicklich in einen Orgasmus. Sein Gesicht verzerrte sich vor Schmerz, er bäumte sich auf, hielt sich an ihren Brüsten fest, und Ava fing ihn auf. Sein Penis zuckte in ihr, und sie spürte, wie seine Säfte in sie strömten. Sie hielt ihn an ihrer Brust, als er kam, und fühlte seine gestillte Sehnsucht in sich. Langsam zog er sie mit sich und rollte sich, immer noch in ihr verharrend, mit ihr auf die Seite, küsste sie wie von Sinnen und suchte mit seinen Händen Halt an ihrem Körper. Seine Zunge spielte mit ihrer, und er presste sich gegen sie, dass sie fürchten musste, keine Luft mehr zu bekommen. Gordon schickte seine Hände auf eine Entdeckungsreise über ihren Körper, ganz so, als hätte er sie noch nie so gehalten. Jede Rundung erkundete er mit Händen und Mund, jeder noch so kleine Schweißtropfen wurde von ihm aufgenommen. Ava wand sich in seinen Armen, kaum in der Lage, ihn auszuhalten, geschweige denn zu bändigen. Seine Hände lagen schwer auf ihrem Hinterteil, als er sie anhob, damit sie sich auf den Bauch drehen konnte. Ava folgte ihm, auch als er sie auf seine Knie zog. „Sieh dir an, was du angerichtet hast", wiederholte er sich leise lachend, „der Aasgeier verfolgt dich." Er küsste sie auf die Schultern, seine Hände glitten über ihre Brüste, verharrten kurz, um mit ihren Nippeln ein aufreizendes Spiel zu spielen, und glitten hinunter über ihren Bauch zwischen ihre Beine. Er spreizte seine Finger und fuhr damit ihre Spalte entlang. Ava legte den Kopf an seine Schulter und öffnete sich noch ein wenig mehr für ihn. Mit sanftem Druck fuhr er entlang der Fuge, die sich ihm warm und nass darbot. Ava seufzte ergeben, doch lange konnte er ihr dieses zärtliche Drama seiner Begierde nicht bieten. Er führte sie so, dass sie sich aufstützen musste, um gleich darauf seinen steifen Penis in sie zu stoßen. Ava jauchzte leise und ließ sich von ihm zurückziehen. Sie verbog seinen Penis in ihr auf so wunderbare Weise, dass er sich nun schon wieder zurückhalten musste, damit er ihr zumindest die Chance geben konnte, mit ihm zusammen einen Höhepunkt dieser verzweifelten Lust erleben zu können. Sie bewegte sich langsam über ihm, führte seine Finger auf dem zarten Stück Fleisch ihrer Lust und überließ sich ganz ihrem Bedürfnis, ihn zu spüren. Vorsichtig stieß Gordon in sie, sachte, aber tief und ließ sich von ihrer Wärme leiten. Immer noch lehnte sie an seiner Brust, und ihr Atem presste sich zwischen ihren Lippen hervor. Noch waren ihre Bewegungen genießerisch, doch würde sie diese Folter nicht mehr lange aushalten können. Schon spürte sie dieses bestimmte, alles versprechende Kribbeln in ihrem Körper, dass die Muskeln verkrampfen ließ, damit sie sich in einer Explosion lösen konnten. Gordon spürte die Veränderung und änderte die Intensität seiner Bewegungen in ihr. Waren sie bisher langsam und lustvoll, so wurde er jetzt fordernder und schneller, heftiger in seinem Verlangen, zum Höhepunkt zu kommen. Ava schleuderte ihre Lust in kehligem Stöhnen hinaus, bewegte sich im Einklang mit seinen kurzen Stößen in ihr, und als sich ihr Körper für den Orgasmus bereitmachte, ließ sie sich von ihrer eigenen Kraft und Hingabe überwältigen. Sie zog Gordon mit sich in den Strudel der Empfindungen, und das erste Mal in ihrem Leben weinte sie während ihres Kommens. Sie schluchzte hemmungslos die Wehen des Höhepunkts hinaus und ließ sich dann auf das Bett fallen.

Lang ausgestreckt lag sie dort, leise weinend und lachend zugleich und griff nach Gordons Händen, damit nun er sie halten konnte. Verwirrt zögerte er einen Moment, doch dann verstand er, und dieses zärtliche Gefühl der Liebe breitete sich in ihm aus. Er legte sich neben sie, zog sie an sich und die Laken über ihre verschwitzten Körper. Ava presste ihren müden Leib an ihn und schloss für einen Moment die Augen.

37

„Ich will wieder arbeiten", sagte sie nach einer Weile. Gordon lachte kurz auf. „Vergiss es. Noch nicht." Ava drehte sich in seinen Armen und sah ihn an. „Ich will wieder arbeiten", wiederholte sie, und der Ausdruck in ihrem Gesicht sagte ihm, dass sie es mehr als nur ernst meinte. „Und ich sagte, vergiss es. Was glaubst du, wie lange du das durchhältst?" Er strich ihr zärtlich eine Strähne aus dem Gesicht. „Lange genug. Und ich muss ja auch nicht sofort voll arbeiten. Ein paar Stunden am Tag und dann langsam steigern. Ich werde hier – so schön es hier ist – noch irre von dem ganzen Nichtstun."

„Gut, dann werde irre, aber du wirst noch nicht wieder arbeiten." Sie zwickte ihn als Zeichen ihres Protests in eine Brustwarze.

„Au", schrie er, „sei vernünftig, Ava. Du bist noch nicht so weit."

„Oder bist du etwa noch nicht so weit?", fragte sie mit schelmischem Grinsen. „Ja", gab er unumwunden zu, „das auch." Gordon küsste sie auf die Stirn und streichelte über ihren Körper. „Ich kann dich noch nicht wieder auf die Menschheit loslassen." Er fuhr mit seinen Lippen die Konturen ihrer Schulter nach. „Ich hab schon mal nicht auf dich aufpassen können, obwohl ich es mir geschworen hatte." Seine Lippen glitten weiter hinüber zu dem kleinen Grübchen an ihrer Halsbeuge. „Und ich kann nicht ständig Wachpersonal hinter dir herschicken. Also: Du bleibst dem Büro so lange fern, bis ich sage, dass du dort wieder hinkannst."

„Du spinnst", antwortete sie in amüsiert-empörtem Ton, „hat dir das schon mal jemand gesagt?"

„Mehrfach. Hat mich aber nicht weiter beeindruckt."

„So siehst du aus", sagte sie lachend. Sie hob sein Gesicht an, obwohl sie es bedauerte, dass er dann damit aufhören musste, sie mit seinen Lippen zu streicheln. „Wer hat von dir erwartet, dass du auf mich aufpasst?"

„Ich. Niemand sonst. Ich hätte sehen müssen, was Brandon vorhat. Zumindest hätte ich eine Ahnung haben müssen, dass er sich das nicht so gefallen lässt. Und ich habe es nicht getan."

„Wer hätte das auch voraussehen können?", fragte sie ungläubig.

„Ich denke", sagte er nachdenklich, „dass ich es hätte tun müssen."

„Du bist doof." Gordon lachte leise über ihren fassungslosen Ausdruck in ihrem Gesicht. „Mag sein. Aber wenn es darum geht, dass ich dich schütze, dann bin ich gerne doof, und für gewöhnlich versage ich nur einmal." Ava schüttelte den Kopf und konnte nicht verstehen, wie jemand so altmodisch sein konnte. „Dann wirst du dich an den Gedanken gewöhnen müssen, dass du die Bluthunde hinter mir herschicken musst. Ich werde wieder arbeiten, und ich werde es gleich morgen in die Wege leiten, damit ich Montag an meinem Platz vor deiner Tür hocken kann. Basta." Gordon stöhnte leise. Wenn sich eines in den letzten Monaten nicht geändert hatte, dann ihr Dickkopf. Wie sollte er ihr begreiflich machen, dass er Angst hatte. Sicher: So etwas wie in Cannes würde nicht noch einmal passieren. Jetzt war er gewarnt, jetzt würde er die Zeichen – von wem auch immer sie kommen mochten – zu deuten wissen. Aber war sie wirklich schon so weit, dass sie sich wieder in die Öffentlichkeit begab? Eine Öffentlichkeit, die sie von jeher zu meiden suchte und sich in seinem Schatten versteckte? Was, wenn Ava tatsächlich am Montag im Büro auftauchen würde? Die Kollegen würden sie bestürmen, und sie würde ihre liebe Not damit haben, sie sich vom Hals zu halten. War sie schon so weit, dass sie die Kraft dazu aufbrachte? War sie schon so weit, dass sie gegen die Erfüllung eines Klischees arbeiten konnte? Sie hatte das Schrecklichste durchmachen müssen, das einer Frau widerfahren konnte. Hatte sie tatsächlich schon die Kraft, sich gegen Häme, vielleicht auch offen zur Schau getragenem Neid entgegenzustellen? Sie schlief immer noch schlecht. Zwar wachte sich nicht mehr jede Nacht schreiend auf. Doch wenn er sich nächtens in ihre Schlafzimmertür gestellt hatte, um sie während ihres Schlafes zu beobachten, dann hat-

te sie das Bett in ihren Träumen zer-
wühlt. Es war ein schmerzhafter Anblick, und er musste alle Kraft auf-
wenden, sie in diesen Momenten nicht
zu berühren. Hatte sie also tatsächlich
schon die Nerven — wie man so schön
sagte —, um sich dem Leben da draußen zu stellen? Für den Moment gab
er klein bei. Er war müde und zufrieden, sie wieder in seiner Nähe zu haben. Dass er wieder ihren Körper spüren konnte, und froh über die Er-
kenntnis, dass sie sich genauso verloren gefühlt hatte. Er würde warten
und sehen, was passierte.

38

Und tatsächlich: Ava stellte innerhalb von wenigen Stunden ihre Rück-
kehr ins Büro auf die Beine. Gordon
musste sich eingestehen, dass er ihre
Aktivität vermisst hatte. Sie brauchte
nicht lang und war mit allem, was in
den letzten Wochen in der Agentur vor
sich gegangen war, im Bilde. Der
Rückflug von Alderney stand für den
Samstag an, und Andrew verabschie-
dete sich bereits am Morgen nach ihrem Zusammensein. Rufen Sie mich
an, hatte er gesagt, als er auf das Boot
stieg, das ihn ans Festland bringen
sollte. Und Ava versprach, es zu tun.

Nun waren sie die letzten Tage auf der Insel allein, und sie näherten sich einander wieder an. Nicht nur, dass sie sich auf eine lustvolle Reise begaben, sie schafften es, sich gegenseitig die Ängste vor der Vergangenheit zu nehmen.

„Ich werde Brandon einfach ignorieren", sagte Gordon, nachdem ihn Ava fragte, ob ihn diese Vorstellung nicht belastete, „irgendwann verschwindet er von allein." Er küsste sie – wie so oft in diesen Tagen – auf die Stirn und lächelte sie aufmunternd an.

Montagmorgen, 8.30 Uhr. Der Tag der Wahrheit. Für Ava. Aber auch Gordon war nervös. Immer wieder stellte er sich die Frage, ob sie schon so weit war. Konnte sie dem Alltag in der Agentur standhalten? Oder würde sie dadurch zu sehr belastet, dass eigentlich niemand so richtig wusste, warum sie beinahe drei Monate nicht da war? Sie war mit Gordon übereingekommen, dass sie familiäre Gründe für ihr Fehlen vorschob, und beide hofften, dass dies als Ausrede genügen würde. Das Wochenende hatten sie dazu genutzt, ihre Wohnung auszuräumen. Denn obwohl Gordon so tat, als hätte er ihren Vertrag vergessen, bestand Ava auf dessen Erfüllung. Sie lachte herzlich, als er ihr mit Unschuldsmiene erklärte, dass der Vertrag nur ein Witz gewesen wäre. „So siehst du aus", hatte sie lachend gesagt und ihn in die Seite geboxt.

„Was du mir immer unterstellst", hatte er daraufhin geantwortet.

Und nun stand sie hier an ihrem Schreibtisch. Jemand hatte einen frischen Blumenstrauß daraufgestellt. Als Willkommensgruß. Oder um die viele unerledigte Post darauf zu verstecken. Sie schmunzelte bei diesem Anblick. Es tat gut, wieder hier zu sein. Die Wochen auf Alderney hatte sie gebraucht. Keine Frage. Aber jetzt war die Zeit gekommen, um nach vorne zu sehen. Langsam wurde die Agentur wach und es kam Leben in die Büroräume. Die Kollegen ließen es sich nicht nehmen, sie zu begrüßen. Einige sahen sie prüfend an, doch alles in allem war es erträglich für Ava. Gordon fiel mit den Jungs im Schlepptau gegen 10 Uhr ein. Wie immer. Und es tat gut, die Meute dabei zu beobachten, wie sie ihre Runde durch das Büro drehte und sich zum Abschluss ihre verdienten Leckereien bei Ava abholte, um dann auf ihren Plätzen wie Salzsäulen zu erstarren. Dieses kleine Stück „Gewohnheit" wiederzuerlangen brachte Ava ein ganzes Stück nach vorn. War sie sich bis zu diesem Zeitpunkt nicht sicher, so konnte sie nun die letzten Monate innerlich abnicken. „In einer halben Stunde bitte zum Meeting rufen", sagte Gordon und verschloss die Tür zu seinem Büro, um einen Augenblick später noch einmal mit dem Kopf in der Tür zu erscheinen. „Und sieh mal nach, ob da irgendwie noch etwas Alkoholisches ist, womit man ungezwungen anstoßen kann." Ava nickte mit skeptischem Blick. Wenn Gordon so kurz angebunden war, dann hatte er etwas vor. Und dass sie nicht wusste, was, machte ihr für einen Moment Kopfzerbrechen. Trotzdem: Order vom Boss war Order vom Boss. Sie machte sich auf und organisierte das Gewünschte. Kaum hatte Ava das letzte Glas auf den Tisch im großen Versammlungsraum gestellt, trafen auch die ersten Kollegen ein. Zwanglos unterhielt man sich, bis Gordon den Raum betrat. Er nahm Ava an die Hand und zog sie zu sich. „Damit du mir nicht wegläufst", flüsterte er ihr ins Ohr. „Ist jeder mit einem Glas bewaffnet? Prima. So lässt man sich den Montag gefallen." Für einen Moment fiel er in Schweigen, dann lächelte er Ava an und wandte sich zu seinen Angestellten um. „In den vergangenen Monaten ist viel passiert. Zu viel, um auf Einzelheiten eingehen zu können. Heute ist der Moment gekommen, an dem wir einigermaßen wieder in die Normalität zurückgehen werden, denn unser Wachhund ist wieder da." Er drehte sich zu ihr herum, die Kollegen lachten, und Ava verdrehte genervt die Augen. Das hatte sie jetzt davon.

„Monate, in denen mir klar wurde, dass dieser Wachhund vor meiner Tür mehr für mich ist, als ich es bis dahin wahrhaben wollte." Gordon griff nach ihrer Hand und zog sie noch näher an sich, dann räusperte er sich laut und erhielt einen strafenden Blick dafür von ihr. „Ich bin jetzt in einem Alter, in welchem man Gelegenheiten beim Schopf packen muss, und eine solche Gelegenheit ist jetzt und hier." Er küsste Ava auf die Haare, sie spürte, wie heftig sein Herz klopfte, und dieser Umstand machte sie nervös. So nervös, dass ihr das Blut in den Ohren rauschte und sie glaubte, dass sie sich bei seinen nächsten Worten verhört haben musste. „Ava und ich haben heute einen Termin beim Londoner Standesamt. Und ich möchte euch sagen, dass ihr danach das Vergnügen haben werdet, Mrs. Gordon Sumner in eurer Mitte begrüßen zu dürfen." Gordon wusste genau, warum er sie in diesem Moment nicht ansah und ihre Hand noch etwas fester hielt als eigentlich nötig. Ihr fielen die Gesichtszüge herunter, und sie presste ein „Arschloch" zwischen ihren Lippen hervor. Deshalb also der Aufwand und das heimliche Telefonieren von Alderney in den letzten Tagen. Gordon lachte leise. Die Kollegen hatten sich von dem Schock erholt, und einige ließen sich dazu hinreißen, ein „endlich" oder ein „hat ja lange genug gedauert" in den Raum zu schicken. Ava verdrehte die Augen. Genauso hatte sie sich das vorgestellt. Alle hatten darauf gewartet. Sie kicherte leise vor sich hin, als die ersten Kollegen neben ihr auftauchten, um sie zu beglückwünschen. „Trink nicht so viel", ermahnte Gordon sie, „ich will mir schließlich nicht nachsagen lassen, ich hätte dich unter Drogen gesetzt zur Unterschrift gezwungen." Er grinste sie breit und frech an, dann nahm er sie an der Hand und zog sie hinaus. Den Zurückgebliebenen rief er ein „bis später" zu, und schon waren sie im Aufzug verschwunden. „Hättest du mir das nicht sagen können? Mich wenigstens vorwarnen?", schimpfte sie ihn aus. Gordon schüttelte den Kopf. „Nein", sagte er und umarmte sie, „mit deinem Hang zu Widerworten und deiner ausgeprägten Fähigkeit, bei Diskussionen die Oberhand zu haben, wäre das für mich nicht gut ausgegangen." Gordon beugte sich zu ihr herunter und küsste sie. „Mach dich auf was gefasst, Mrs. Sumner. In den nächsten Jahren wird das hier für dich sicherlich kein Spaziergang werden."

„War es das jemals?", fragte sie und lachte, als er die Augen verdrehte.

„Wie war das mit den Widerworten?"

39

Der Standesbeamte war überrascht, dass die Braut in Bürokleidung erschienen war, der Bräutigam aussah, als käme er gerade von der Feldarbeit, und die beiden Trauzeugen, als hätte man sie geradewegs aus einer Therapiesitzung gelockt. Dass dem genauso war, wollten sie dem guten Mann hinter dem Schreibtisch nicht erklären. Die eigentliche Zeremonie war – besonders für Gordon – kurz und schmerzlos. Seine Hände waren feucht, seine Stimme wollte ihm versagen, doch er schaffte das „Ja" ohne große Katastrophe.

„Zumindest kannst du jetzt nicht mehr sagen, dass es mir nicht ernst ist mit dir", konstatierte er, kurz nachdem sie Andrew und seine Frau verabschiedet hatten. Ava nickte sacht. „Stimmt, da hast du mir die Argumentation genommen." Sie hängte sich bei ihm ein, und gemeinsam gingen sie zu seinem Wagen. Gordon hielt ihr die Tür auf, doch sie hielt inne. „Hältst du das aus?", fragte sie nachdenklich. Er antwortete nicht sofort, sah sie nur genau an und lächelte dann.

„Ich halte einen abgewrackten Kerl

in meiner Fantasie aus, der mir ständig Noten gibt, wenn ich dich ansehe, und berühre", sagte er schmunzelnd, „da werde ich es doch mit dir kleinem Frauchen aufnehmen können."

„Meinst du, du könntest mal ernst sein?", schimpfte sie mit ihm, stieg aber immer noch nicht ein. Er legte ihr eine Hand unter das Kinn, beugte sich hinunter und küsste sie.

„Ja", sagte er so nah an ihrem Mund, dass sie den Lufthauch dieses Jas an ihren Lippen spürte, „jeden einzelnen Moment werde ich mit dir aushalten. Mit dir und mit niemandem sonst. Und jetzt steig endlich ein." Ava stieg in den Wagen, griff nach dem Gurt und schnallte sich an. Gordon beugte sich noch einmal zu ihr in den Wagen hinein. „Weil kündigen kann ich dir ja jetzt nicht mehr", sagte Gordon und schlug lachend die Tür zu.

Die Autorin

Klarissa Klein wurde 1966 in Herne, Nordrhein-Westfalen, geboren. Verheiratet, zwei Kinder, drei Hunde, ein Kater, Haus und Hof bestimmen ihr Privatleben.
Neuerdings darf sie dem Sauerland und dessen sonderlichen Eigenarten entfliehen und einen Großteil des Jahres in der Normandie verbringen. Die Inspiration, die sie dort erfährt, findet Einzug in ihre Liebesromane. Als persönliche Assistentin kann sie mit mehr als 20 Jahren Berufserfahrung aufwarten, die sie natürlich auch in ihre Romane einbringt.

Ihre Autorenkarriere begann eher untypisch. Dass bereits ihre erste Einsendung an einen Verlag zum Erfolg gereichte, war ein weiterer Zufall, den das Leben wohl schreibt.
Im Juli 2009 erschien ihr Erstling „LUSTSCHMERZ", im BluePanther-Books **Sara Bellford** und hält sich seitdem auf der Amazon-Verkaufsliste beständig in den besseren Verkaufsrängen. Auch als Kindleversion / Hörbuch findet der Roman großen Anklang. Der „Lustschmerz" hat BDSM

und seine Auswirkungen auf drei unterschiedliche Frauen zum Thema. Sowohl in der Szene als auch bei NORMALLESERN findet die Ausdrucksform der Autorin großen Anklang.

Unter dem Pseudonym „**Ana Riba**" erscheinen in regelmäßigen Abständen erotische Kurzgeschichten. **Ana Riba** steht für Geschichten aus dem PA (personal Assistant) - Bereich mit dem gewissen Hauch des BDSM. COCO – AUSBILDUNG ZUR O ist im dotbooks-Verlag erschienen und ebenfalls als Hörbuch bei „**Saga Egmont**". Der Nachfolger „CHEFSACHE" ist ebenfalls erschienen.

Unter dem Namen ihrer Großmutter „**Greta Haberland**" veröffentlicht sie Romane, die typische Frauenthemen zum Inhalt haben. So ist ihr – ebenfalls bei dotbooks erschienener Roman – „NICHT SCHON WIEDER KAMASUTRA" eine kleine satirische Abrechnung mit den von der Gesellschaft gestellten Anforderungen an die Frau von heute. Mit bissigen Seitenhieben geht sie auf Fitnesswahn, Erfolgsdruck und dem „Must-have" beim Sex ein.

Als **Isadorra Ewans** wagt sich die Autorin in romantischere Gefilde vor. Mit Liebesromanen, die durchaus einen erotischen Touch mit sich führen, möchte sie ihre Leser hier verführen. Hier ist 2016 ein erotischer L&L bei **Droemer Knaur** als Taschenbuch und E-Book erscheinen. In „Games of Trust – Sehnsucht nach Liebe" sucht eine junge Frau ihre Wurzeln und findet die große Liebe. Was jedoch einfach klingt, muss sie sich hart erkämpfen.

Als **Kay Jones** präsentiert sie dem Leser mystische Romane. Mal sind es die Vampire, die es ihr angetan haben, mal die fantastischen Reisen in die keltische Geschichte, gespickt mit dem gewissen Etwas an Mystik. Ihre erste Veröffentlichung in diesem Genre „Vampires Start Up" ist seit Kurzem als E-Book erhältlich.

In ihren satirischen Werken zum Thema Erotik und mystische Wesen klärt sie auf humorvolle Art und Weise auch über die körperlichen Gefahren auf, die in einer solchen Verbindung auftauchen können.

Auch ihr Real-Name – **Klarissa Klein** – geht nicht leer aus und unter diesem veröffentlicht sie kurze Krimikomödien die in ihrer Heimat – dem Sauerland – spielen.

Mittlerweile arbeitet sie auch als freie Dozentin für „Kreatives Schreiben" mit großem Erfolg. Ihre Kurse werden regelmäßig gebucht und aus einem ist sogar ein Buchprojekt entstanden. Demnächst wird ihr Schreibratgeber (der keiner sein will) „Briefe aus dem Lektorat" erscheinen.

Weitere Bücher finden Sie unter

Klarissa Klein

Leseprobe:

Token

Eine **anu** ist mächtig.

Eine **anu** ist gerecht.

Eine anu ist die Herrscherin über das Leben.

Charlotte Heynes ist eines dieser Mädchen, das niemals auffällt. Schüchtern, rothaarig, blass.

Und doch trägt sie das Geheimnis des Lebens in sich.

Sie ist die Auserwählte und will es gar nicht sein.

Charlotte trägt die drei Zeichen des Lebens.

Dunkelblaue Augen.

Muttermale am Kinn.

Das dritte Auge.

London

Müde stütze ich mich am Waschbecken auf und halte meinen Kopf gesenkt. Sofort fällt meine dunkle Haarpracht herunter und verdeckt mein leichenblasses Gesicht, dessen kraftloser Schimmer noch durch dunkle Augenringe verstärkt wird. Mein Kopf summt; drei Nächte und Tage ohne Schlaf. Ich bin müde und ich kann es nicht mehr verbergen. Ich sehe auf, wische mir die Haare aus dem Gesicht, binde mir einen lockeren Zopf. Das Gesicht, das mir aus dem fleckigen Spiegel im Waschraum der Uni entgegensieht, hat entfernt Ähnlichkeit mit dem, dass ich mal kannte. Das war es dann aber auch. Das gelbe, flackernde Licht im Waschraum der Uni, der so alt zu sein scheint wie die Gezeiten an sich, lässt meine Haut kränklich aussehen. Ich habe eh schon Probleme mein Aussehen zu akzeptieren, aber dass hier … macht mich richtig hässlich. Mein Gesicht hat Macken und ich wäre froh, sie nicht zu haben. Es sind keine Narben, nein. Es sind Muttermale. Nicht mal

Sommersprossen. Nein: Es müssen Muttermale sein. Genervt tippe ich auf die drei kleinen Geburtsmale an meinem Kinn. Mit den Ringen unter den Augen, dem blassen, gelblichen Teints und den farblosen schmalen Lippen, sind diese Mistviecher noch deutlicher zu sehen als sonst. In meinem Kopf surrt es, ein gepflegter Tinnitus vermischt sich mit dem Pfeifen der defekten Neonröhren und dem Stimmgewirr, dass aus dem Flur vor der Tür zu mir herüberschwappt. Es dröhnt, pfeift und hämmert in meinem Kopf. Diese drei kleinen Biester, die auf meinem Kinn prangen, tragen maßgeblich Schuld daran, dass ich nicht schlafen kann. Nicht schlafen darf, nicht schlafen will. Sie sind nicht nur aus kosmetischer Sicht hässlich und störend. Diese drei Male haben eine Bedeutung, um die mich niemand beneiden würde, wenn die Außenwelt erkennen könnte, worum es sich dabei handelt. Welches Ausmaß diese drei kleinen Male auf ihr Leben haben könnten. Immer wieder werde ich darauf angesprochen, dass ich diese Male trage. Wie hübsch diese doch seien und wie gut sie mir stehen würden. *Glaube, Liebe, Hoffnung.* Ab und an erkennt dann jemand, was und wer ich bin und warum ich diese Male trage. Und dann bin ich nicht mehr Charlotte Heynes. Dann bin ich jemand anderes. Jemand, der ich nicht sein will, der ich auch nicht sein kann. Aber interessiert es jemanden, was ich will?

2

Diese drei Male sind eine Auszeichnung. So wurde es mir gesagt, so soll ich es glauben. Sie tragen eine Geschichte in sich. Diese drei Male auf meinem Kinn. Meine Großmutter hat mir diese Geschichten erzählt. Seltsam, ja, aber Großmütter können solche Geschichten am besten erzählen. So als wären sie wahr. Großmutter erzählte mir von diesem einen Dorf und schon bei ihrer ersten Erzählung wusste ich, dass es dieses Dorf nicht geben konnte. In diesem Dorf am Fuße des Vulkans wurde schon seit Urzeiten auf diese kleinen Zeichen, die Mutter Natur den – den Gezeichneten - mitgab, geachtet. Die Neugeborenen wurden akribisch auf diese Male untersucht. Jeder Zentimeter Haut wurde unter die Lupe genommen, damit man die Ankunft der *anu* um Nichts in der Welt verpassen möge. Als könne ein Säugling die *anu* - die Übermutter - sein. Wer glaubt denn so was? Auch ich musste die Prozedur über mich ergehen lassen. Meine Großmutter erzählte mir davon. Sie erzählte mir, dass ich damit gar nicht einverstanden war und lauthals protestierte. Sie erzählte mir die Geschichte immer dann, wenn meine Eltern – die so gar kein Verständnis für diese Geschichte aufbringen wollten – nicht im Haus waren, sie auf mich aufpasste und wir mit Kakao und Keksen vor dem Kamin saßen. Und als ich klein war, liebte ich diese Geschichte. Bis zu dem Tag, an dem ich glaubte. Glaubte, gleich doppelt gezeichnet zu sein. Nicht nur die drei dunkelbraunen Male am Kinn, machten aus mir eine *arwydd;* später dann, als sich meine Augenfarbe zeigen sollte, wurde denen, die wussten, klar, dass ich mehr sein sollte und werden würde, und obwohl sie wussten, was ich sein würde, bereitete mich niemand darauf vor. *Meine Großmutter starb. Meine Eltern verleugneten die Zeichen. Wie sehr habe ich mir später gewünscht, sie hätten es nicht getan. Wie sehr hätte ich in den folgenden Jahren ihren Zuspruch gebraucht und noch mehr ihre Hilfe, um das Wenige, was man hätte wissen können, zusammenzutragen. Warum sollten sie auch, es war doch nur eine Geschichte. Oder?* Es änderte aber nichts an der Tatsache, dass ich meine drei Male am Kinn und die wunderschönen, dunkelblauen Augen, welche die unendliche Tiefe eines Bergsees ins sich trugen, so sehr hasste, dass es schon an Selbstzerstörung grenzte. So war ich bis zu meinem zehnten Lebensjahr davon überzeugt, dass irgendwann ein Blitz über mir sein gespenstisches Licht ausbreiten würde und ich mit einer Krone auf dem

Haupt über die Menschheit herrschen würde. Wie sehr habe ich später diese Fantasiewelt gehasst. Natürlich war nichts von dem wahr. Nichts von alledem würde eintreffen. Ich war ein ganz normales Kind, das eben das Pech hatte mit besonders abergläubischen Menschen aufzuwachsen.

3

Trotzdem gab es Menschen, die daran glaubten. Weit entfernt, irgendwo auf dieser Welt. Nicht hier in der englischen Provinz, in der ich lebte. Es gab dieses Dorf, in welchem die Bewohner daran glaubten, dass es mich gab. Dass ich eine von ihnen, eine *arwydd* war. *Nur ich wusste nicht, dass es dieses Dorf gab. Für mich war das eine Geschichte, ein Märchen, das man Kindern vor dem Zubettgehen erzählte. Eine fantastische Reise in eine Welt, die es nicht mehr gab, nicht mehr geben durfte, die einfach nicht existierte.* Blaue Augen und drei Muttermale hätten mich in diesem Dorf zu einer Sensation gemacht. Viele der *arwydd* waren mit nur einem Mal versehen, erzählten sie sich. Ich hatte gleich zwei. Und wenn irgendjemand gewusst hätte, dass es eigentlich drei waren, wäre ich wie eine Königin behandelt worden. *Wenn diese Geschichte denn wahr gewesen wäre.* Trotzdem hatte ich dieses dritte Zeichen für mich behalten. Die Gemeinschaft des Dorfes, dass es nicht gab, wusste nicht, dass ich es mit mir trug. Meine Eltern wussten es nicht. Meine Großmutter wusste es nicht. Lange Zeit wusste ich es ebenfalls nicht. Ich wusste nicht, dass es so etwas überhaupt gab. Doch als es das erste Mal in Erscheinung trat, da wusste ich, dass ich es hassen würde. Denn es war wahr. Ich habe das *Dritte Auge*. Wenn ich in den Spiegel schaue, dann bin ich eine junge Frau mit rötlichem, sehr festem dichtem Haar. In meinem Gesicht sieht man zwei Augen, Brauen darüber, eine Nase und einen Mund. Meine Haut ist so blass, dass die dunkelblauen Augen beinahe schwarz erschienen, und ich immer so aussehe, als wäre ich gerade aus einem Fiebertraum aufgewacht. Meine Lippen sind schmal und von einem zarten Rosa. Nicht, dass sie irgendwann mal füllig waren. Aber durch das, was ich nach und nach erlebte, presste ich sie immer so fest zusammen, dass sie wie eine Linie wirkten. Ich möchte so gern wie die anderen Mädchen in meinem Semester sein. An die, die über mir sind, wage ich mich gar nicht. Kein Vergleich. Ich könnte einem Vergleich niemals standhalten. Aber wie schön wäre es, wenn ich mal auf Partys gehen würde. Jungs kennenlernen wäre auch mal toll, ab und an ein wenig fürs Studium pauken. Aber das bin ich nicht. Werde es auch nie sein, weil sich hinter meiner Stirn ein verfluchtes Geheimnis verbirgt. Ich habe Visionen. Visionen mit unterschiedlichen Stärken und Bedeutungen und ich vertuschte sie, indem ich Migräne vorschiebe. Mal zeigen sie mir Vergangenes, und wenn sie mich richtig quälen wollen, dann die Zukunft. Ich bin ein wandelndes Buch mit leeren Seiten. Wobei die Vergangenheit nicht das Schlimmste war. Die war vorbei. Sie war geschehen und ließ sich nicht mehr ändern. Die Zukunft ist es, die mir Kopfschmerzen bereitete. Im wahrsten Sinne des Wortes. Es ist schwer, in die Zukunft sehen zu können. Es ist fürchterlich das Schicksal der Menschen in meiner Umgebung bereits vor dessen Geschehen zu kennen, denn ich weiß nicht, ob es so eintrifft oder nur eine Fantasie ist. Wenn es passiert, also wenn ich eine diese Visionen habe, dann frage ich mich danach immer, ob diese Ältesten, die es ja nicht gab - also meiner Meinung nach nicht gab - auch nur den Hauch einer Ahnung von den Auswirkungen dieses dritten Zeichens auf mich und auf sie hatten. Diese Fantasie, die Vorstellung, dass es dieses Dorf und die Menschen, die wenigstens ein wenig von dem wussten, was ich sein sollte, die half mir manchmal darüber hinwegzukommen, dass ich anders war. Auch wenn es nur eine Vorstellung war. Diese Gedanken machten meine Migräne erträglich. Erträglicher. Und wenn ich in den Jahren meiner Pubertät glaubte, ich wäre einem Ammenmärchen aufgesessen, wurde es mir an meinem achtzehnten Geburtstag schlagartig klar: Ich war anders. Ich war seltsam. Ich bin eine *arwydd*. Und das Beste, was ich tun konnte, war, diesen ganzen Mist zu verleugnen und zu ignorieren.

Leseprobe

Alabama Love

Sex mit dem besten Freund!
Kann das funktionieren? Wenn man den
Kopf mit einer feindlichen Übernahme voll
hat?
Wenn die eigenen Eltern einem das Leben
vermiesen wollen?
Tilda "Tilly" Roberts hat alle Hände voll
zu tun mit ihrem Lover, einem heißen
Agenten, der ihr Café übernehmen will,
und ihrer Mutter, die sich nicht scheut,
ihrer Tochter einen Mörder auf den Hals
zu jagen.

Bekommt Tilly ihr Leben in den Griff?

1.

Die *Gaggia* röchelte zufrieden vor sich
hin. Wie sehr ich dieses Geräusch mochte.
Es bedeutete zwar, dass ich mich auf
zwanzig Jahre hin bis über beide Ohren
verschuldet hatte, aber das Prachtstück
an Kaffeemaschine im Retro-Design gehörte mir. Mir ganz allein. Nun und den
Gästen, die täglich in mein Café kamen,
um sich hier ihre Extra-Ration Koffein zu
holen. Vor fünf Jahren hatte ich mit zwei
kleinen Espresso-Kannen angefangen.
Was war das in der Mittagszeit für ein
Stress. Kaum hatte ich den Kaffee ser-
viert, war die Kanne leer und ich musste
neuen kochen. Aber einer der sich gelohnt
hatte. Denn jetzt stand ich hier, konnte
zwei Ganztagskräfte und vier Aushilfen in
Lohn und Brot stellen. Konnte ihnen sogar
einen Zuschuss zu ihrer Krankenversiche-
rung zahlen. Und mein Café war voll. Immer. Kurzzeitig dachten wir darüber nach,
dass wir Reservierungen für die wenigen
Tische machen mussten. Aber da kam mir
der Zufall zur Hilfe, denn der alte Tape-
tenladen, der direkt neben unseren Räum-
lichkeiten lag, wurde aufgegeben und der
alte Mr. Hutchinson ging in den wohlverdienten Ruhestand. Da ihm das Haus gehörte, finanzierte ich ihm mit meiner Miete denn nun auch ein wenig mit. Ich hatte
also innerhalb kürzester Zeit beinahe alle

Ziele erreicht, die ich nie hatte. Die sich mir aber aus der Not heraus geboren, ganz von selbst stellten. Damals, vor fünf Jahren, stand ich plötzlich auf der Straße, weil der Mann, den ich eigentlich heiraten wollte, mich vor die Tür setzte. Everett glaubte plötzlich, dass ihn eine Ehe mit mir zu sehr einengen würde und zog es vor, irgendwo in Haiti sein Heil zu suchen. Was er da machte? Keine Ahnung, war mir auch egal. Damals zwar nicht und ich hätte ihm am liebsten den Hals umgedreht, wenn ich mit meiner Heulerei fertig gewesen wäre; aber jetzt ist es mir egal. So egal, dass wenn er plötzlich nackig vor mir stehen würde, ich nicht einmal mehr die Augenbraue hochziehen würde. Denn ich habe in den fünf Jahren etwas gelernt: Ich brauche ihn nicht, um etwas zu schaffen. Als mir klar wurde, wie sehr mich dieser Mensch in meinen Fähigkeiten beengt hatte, war ich so wütend. Vornehmlich auf mich. Weil ich dachte, dass er mich lieben würde und mich deshalb vor allem beschützen wollte. Dabei wollte er mich nur kontrollieren und jede Idee, die ich hatte, die uns beide hätte weiterbringen können, wurde von ihm im Keim erstickt. Arschloch, der! Nun: Er ist weg und meinetwegen soll er am Ende der Welt glücklich werden. Ich brauche ihn nicht mehr. Denn ich habe hier alles, was ich brauche und das habe ich allein geschafft. Also, um ehrlich zu sein, ein wenig Hilfe hatte ich schon. Da wäre zum Beispiel meine beste Freundin, festangestellte Serviererin, Teilzeitgeschäftsführerin und beste Mutter der Welt, Cynthia. Ohne sie hätte ich nicht mal einen Eimer Farbe aufbekommen, geschweige denn selbige Farbe an die Wand. Sie ist definitiv das Beste, was mir in meinem Leben passiert ist. Und ihr Mann natürlich. Jamie ist der absolut fähigste Universal-Handwerker, den ich je gesehen habe, und ich habe eine Menge von denen im Haus meiner Eltern rumschwirren sehen. Denn meine Eltern zahlten für das, was sie haben wollten. Vielleicht beschränken sich meine Fähigkeiten deshalb darauf, einen Nagel einigermaßen gerade in die Wand zu hauen. Aber der hält dann wenigstens. Ach ja: Zu den Dingen, von denen ich mich vor fünf Jahren getrennt habe, gehörte auch meine Mutter, Evelyn. Ihr Entsetzen über mein Verlassenwerden, war so groß, dass sie mir nicht einmal zuhörte, als ich ihr von meinen Plänen mit dem Café erzählte. Für Evelyn stand fest, dass nur ich diejenige gewesen sein konnte, die diese Beziehung in den Graben gefahren hatte. Damit stand sie – nicht ich – vor den Scherben ihres Daseins. Hatte sie doch unsere Hochzeit bis in das kleinste Detail geplant und war nun der Meinung, sie würde vor der High Society von Greenville, Alabama, als große Versagerin gelten. Ich hätte sie blamiert. Und wenn ich ihren Heultiraden

so zuhörte, dann hatte ich auch ihr gesell-
schaftliches Leben vollkommen ruiniert.
Allgemeiner Tenor dieser unsäglichen
Momente: Ich hatte ihr Leben versaut.
Fassungslos darüber, dass sie sich anscheinend auf die Seite des Idioten stellte,
der ihre Tochter ins Unglück stürzen wollte, machte ich innerlich einen Strich. Ich
war nicht mehr Evelyn Roberts Tochter.
Ich kannte sie und manchmal ließ es sich
nicht vermeiden, dass wir uns über den
Weg liefen. Auch an den Feiertagen biss
ich in den sauren Apfel und verbrachte
wenigstens einen Tag im Haus meiner
Eltern, aber gewiss nicht, um mir von ihr
anzuhören, wie schlecht ich sie als Tochter
behandelt habe, und dann auch noch ein
Café zu eröffnen. Eine Roberts arbeitete
schließlich nicht. Sie ließ arbeiten. Mein
Vater, James, sah das etwas anders. Er
mochte Everett nicht besonders, was er
mir allerdings viel zu spät gestand. Ich
glaube, Dad ist sogar ein wenig stolz auf
mich, dass ich seinen Geschäftssinn geerbt
habe und allein etwas auf die Beine stellen konnte. Die Mittagszeit ist immer noch
anstrengend, aber jetzt hauptsächlich
deshalb, weil wir zu dem Kaffee auch
Sandwiches und Suppen anbieten. Wir
sind so zu einem absoluten Geheimtipp
geworden, der gar keiner mehr ist. Über
Internet bekommen wir so viele Vorbestel-
lungen, dass ich meinen Leuten demnächst die komplette Versicherung bezah-

len kann. Ich bin zufrieden mit dem, was ich erreicht habe. Dass ich mir beweisen konnte, nicht als Ehefrau eines angehenden Rechtsanwalts zu enden, und dabei mehr Schmuckwerk, als Person zu sein. Mittlerweile machte es mir auch nichts mehr aus, dass ich über dem Café alleine lebe. Ich mag meine Einsamkeit. Die Wohnung hat eine große Terrasse, auf der ich einen kleinen Garten angelegt habe. Ursprünglich wollte ich damit mal den Bedarf an frischem Gemüse im Café decken, aber mein grüner Daumen reicht nicht über den meines handwerklichen Geschicks hinaus. Meine Erzeugnisse sind spärlich, dafür habe wir jetzt immer frische Blumen auf dem Tisch stehen. Denn, auch wenn mir Tomaten, Gurken und Salat einfach nicht gelingen wollen: Blumen kann ich. „Einmal Kürbis und Sonnenblume", reißt es mich aus meinen Gedanken. Jetzt dringen auch die Geräusche aus dem Café wieder an mich heran. Stimmengewirr und das Klappern von Geschirr. Was das Zischen einer Maschine doch auslösen kann, denke ich und drehe mich um. „Wer war der americano," frage ich Cynthia und sie hüstelt verlegen. Tippt mich an und zeigt etwas genervt auf die andere Seite der Theke. Ach ja: Evelyn. Wer sonst würde seinen Kaffee so verwässern? „Mutter", sage ich etwas gequält, „schön dich zu sehen." Sie sieht gut aus. Wie immer und wie immer ist sie wie aus dem Ei gepellt. Twinset, Rock, hohe Schuhe und eine Betonfrisur, vor der selbst ein Tornado die Segel streichen würde. „Dauert das immer so lange bei euch", fragt sie schnippisch und ich lächle. Sie wird nie aufgeben, mir meinen Spaß zu verderben. „Natürlich", gebe ich nicht weniger schnippisch zurück, „heißes, braunes Wasser mit Kaffeeduft braucht eben etwas länger." Ich fülle den americano in einen Becher, den ich auf die Theke stelle, lege einen Deckel, Löffel und weil ich weiß, dass Evelyn mich dafür hassen wird, Milch und Zucker daneben. Es wirkt; sie richtet sich auf, straft mich mit einem bösen Blick, und gerade als sie gehen will, sage ich: „3,50 bitte." Sie hält in der Bewegung inne. „Ich bin deine Mutter", sagt sie entrüstet. „Und ich muss meine Miete bezahlen. Daddy (ich betone das mit zuckersüßer Stimme) zahlt seinen Doppelten auch immer." Sie will gerade Luft holen und mich zusammenfalten, wie ich denn dazu käme meinem Vater, der vor fünf Jahren einen Herzinfarkt hatte, einen doppelten Espresso zu verkaufen, da besinnt sie sich eines Besseren. Eine Roberts arbeitet nicht nur nicht, sie macht auch keine öffentliche Szene. Dass das mit meinem Vater gelogen war, muss sie ja nicht wissen. Evelyn öffnet mit spitzen Fingern ihre Birkin-Bag und angelt das farblich passende Portemonnaie daraus hervor. Irgendwie schafft sie es, dass sie, während sie den Becher balanciert, den Deckel mit zwei Fingern ihrer unbeschäftigten Hand festhält, mit der anderen das Geld herausangelt, dabei auch noch wahnsinnig elegant auszusehen. Sie legt mir einen Fünfer hin. „Stimmt so", sagt sie und schwebt auf ihren hohen Absätzen zur Tür heraus. „War das jetzt die wöchentliche Kontrolle", fragt Cynthia mich breit grinsend, während sie eine Kürbissuppe mit Sonnenblumenkernen dekoriert und frisch gebackenes Brot an den Tellerrand drapiert. „Ich fürchte", sage ich leise und nehme die nächste Bestellung an. Trotz des Terrorbesuchs meiner Mutter verlief der Tag doch erfolgreich. Das Café, dem ich den schönen Namen „drop after drop" gegeben habe, weil unser Kaffee tröpfchenweise in die Tassen fließt, war den ganzen Tag ausgebucht. Als Cyn und ich gegen halb sieben die Tür hinter uns abschlossen, waren wir müde, aber ziemlich glücklich. „Und du willst wirklich nicht mit rüberkommen", fragte sie, bevor sie zu Jamie in den Truck stieg. „Nein, ich bin müde und will nur noch auf die Couch."

„Dein Wille in Gottes Gehörgang", rief sie, stieg ein und winkte mir durch das Fenster zu. Lachend wartete ich, bis die beiden über die Kreuzung fuhren, ging dann die drei Schritte zu meiner Haustür und öffnete. Es roch immer ein wenig muffig in dem engen, dunklen Treppenaufgang. Egal, was ich tat, der Geruch wollte nicht verschwinden. Also holte ich für gewöhnlich unten an der Eingangstür tief Luft und atmete erst wieder aus, wenn ich die Wohnungstür hinter mir schloss. Das war etwas anstrengend, verbesserte aber meine Kondition. Für einen Moment lehnte ich an der Tür und sah mich um. Mein kleines Reich. Zwei Zimmer, Küche, Bad und die grandiose Terrasse. Ich kickte meine Schuhe zur Seite und nahm auf dem Weg ins Bad, die Fernbedienung und schaltete den Fernseher an. Gut: Vielleicht war ich mit meinen 26 Jahren ein wenig zu jung, um meine Wochenenden mit einem Bierchen in der Hand auf der Couch zu verbringen, aber wenn ich den ganzen Tag Trubel um mich herumhatte, dann brauchte ich das nicht noch nach Feierabend. Außerdem warteten noch ein paar Belege auf mich, die ich für den Steuerberater vorbereiten musste. Eine heiße Dusche, ein saftiges Sandwich später, saß ich auf der Couch. Vor mir die Unterlagen für die Steuer und neben mir die Fernbedienung für meinen Single-Mädels-Abend. Die Fernbedienung gewann ihren unfairen Kampf gegen die drögen Zahlen und so gönnte ich mir einen Film, bei dem ich garantiert wie ein Schlosshund heulen würde. Gerade als ich in mein Sandwich biss, klingelte mein Telefon. „Wer wagt es", fragte ich in den Raum hinein, legte den Teller ab und nahm das Gespräch an. „Du glaubst nicht, wer wieder in der Stadt ist", sagte Cyn und mir lief es eiskalt den Rücken runter. „Will ich das wissen?", fragte ich, immer noch kauend. „Nein, aber du musst. Ich will dich schließlich nicht Montagmorgen vom Boden aufsammeln müssen, weil du in Ohnmacht gefallen bist."

„Ich falle nicht so schnell …" Aber sie unterbrach mich.

„Doch, wirst du. Everett ist wieder da und auch wenn ich verheiratet und Mutter zweier süßer Kinder bin und mein Jamie einfach göttlich ist: Dein Ex ist eine verdammte Sünde wert."

Platz für deine Notizen:

_____

_____

_____

_____

_____

_____

_____

_____

_____

_____

_____

_____

_____

_____

_____

_____

_____